U0037609

笑書神俠倚碧鴛

網路飛刀點評金庸武俠人物

元迎探惜 著

笑書神俠倚碧鴛

目錄

笑書神俠倚碧鴛

目錄

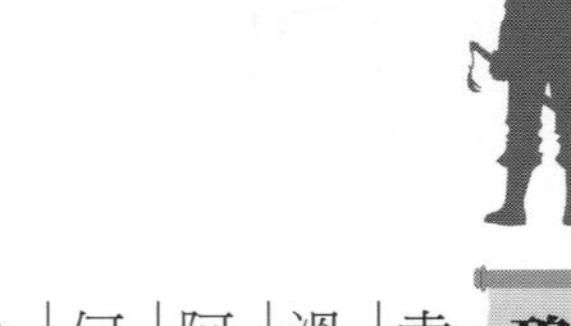

笑傲江湖

笑傲江湖

令狐沖是金庸筆下最獨特的英雄，因為他從頭至尾都是一個不折不扣的浪子，權與利，對他不過是糞土，勉為其難當上恆山派掌門後，也是做得一塌糊塗，倒是他一手摟著藍鳳凰，一手揮劍與一幫武林正派人士相鬥，我行我素的那種放任，那種豪情，令人折服。令狐沖之成為英雄，實在是能力不夠的野心家們一再成全。在《笑傲江湖》中，金庸把野心家們對權力的垂涎和權力對人的腐蝕，描寫得入木三分——東方不敗、岳不群為得到權力揮刀自宮，放棄自己最真實的東西；任我行卻在得到權力後，把肉麻的追捧作為樂趣，最後一頭從極樂的頂峰栽倒下來，實在是極端的諷刺。而美國的暢銷小說評論家阿爾·蒂爾對此部小說的評論是「反映了中國古代同性戀者的悲慘遭遇」，真是很經典。看了這麼多遍《笑傲江湖》，包括被改編成各種影視作品的，唯有這個視角最獨特，要是聘請此翁為金庸武俠改編劇本就好了。

林平之

林平之

福威鏢局少主子。因江湖人覬覦林家武功絕學「辟邪劍譜」而遭滅門之災，後投入華山派岳不群門下，並娶其獨女岳靈珊為妻。後發現其師傅也是假仁假義之輩，在獲「辟邪劍譜」後的新婚之夜揮刀自宮，後在復仇時被木高峰毒瞎雙眼，轉而與左冷禪聯盟，雖終將仇家盡數殺之，但已陷入畸形心理而不能自拔，末了，被任盈盈、令狐沖囚之於西湖地牢終其老矣。

一夜的時間對於林平之來說，真的是太長又太短了。長到一夜的痛要一生去品嘗，短到一生的夢只一夜便毀了。

一夜過後，倜儻公子成了流離棄兒；一夜過後，鏢局少爺只能寄人籬下。一雙原本看慣紅塵美好、浮雲繁華的雙眼，頓時陷入了無邊的黑暗。有人說，那個夜為林平之的眼瞎埋下了引線，因為那雙眼能看見的除了人性的惡便是人性的醜。

其實那個黑夜過後，少年並非完全的絕望，而是深刻理解、領悟了父親常說的江湖險惡、人生無常的道理。經受了痛苦之後的林平之，像一個小孩一樣，爬伏在一間暗屋的窗前，望著天邊不死的一條光。那個時候至少還有復仇的夢想支撐著林平之去找尋人生中的光亮，希望依然存在，心地依然有著孩童般的天真和無邪。恰此時，浩然正氣的華山掌門岳不群走了過來，林平之感覺到那正是他在尋找的希望

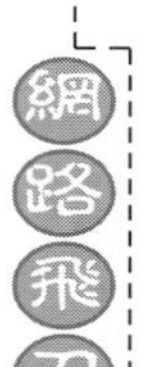

之光。所有的夢、所有的愛、所有的恨都託付在這位威嚴又慈祥的老人身上。奈何人心叵測，「君子劍」毀掉了少年心中最後的光亮。播種希望之人讓林平之看到的是人性淡漠、唯利是圖、防不勝防……多少個黑夜過後，林平之放棄了寄夢想於別人身上的幻想。

過度的希望產生的極度失望把少年引進了無邊的黑暗之中。在黑暗中林平之找不到明天了。於是，林平之以為既然黑夜粉碎了夢想，既然黑夜撕裂了未來，那就來個全盤顛覆。戳穿所有的尊貴，撕下所有的面具。讓扮成人的貓、狗、虎、狐、蛇全都現出真面目。若重新投胎為人一般，越來越花紅柳綠的平之少爺拿著繡花針開始了反擊。

有人說，平之少爺也算是一個偉丈夫，他大可在新婚夜與嬌娘共用床笫之歡、魚水之愛後才去尋仇，但他卻選擇了在人生三大美事之「洞房花燭夜」「揮刀自宮」。林平之之所以被冠之「偉丈夫」的美名，江湖人認為：一是他有足夠的定力，二是過了美人關。一刀下去，揮掉的就是作為一個男人的全部自尊與自信。他能作出這樣的選擇並付諸行動實非常人所能。

更能消幾番風雨，匆匆春又歸去。林平之在江湖中走過的路恍若短暫的春天，

復仇後的他帶著滿身的傷滿心的痛或許還有全身心的不明白走進了一片黑暗中。有人問，西湖地牢中的黑暗和人性中惡產生的黑暗孰更傷人孰更惱人？還有人說，林平之還算幸運，他是瞎著眼走進地牢。瞎了，在西湖的地牢裡，帶著雙重的黑暗和無邊的寂寞去慢慢品味自己當初因絕望而沒有用心去感知的美醜善惡、愛恨情仇。人性中畢竟還是善的更多，人群中畢竟還是良的為眾。

二十年後，紛亂江湖橫空出世一高人。他雖是一盲人，卻出招之快，力道之準，猶如神助，但他卻從不傷人性命，遇大惡者，廢其武功，引至西湖地牢修身養性；遇小惡者，點到為止，讓其知道「山外有山天外有天」，從此不敢作惡。江湖一時盛傳，此人乃是林平之。每每有人找到盲老人求證，老人笑而不答，絕塵而去……

林平之終是瞎了。禍兮？福兮？

令狐沖

令狐沖

華山派岳掌門麾下首席弟子。好酒，性格狂放不羈。因得罪江湖數眾，被罰思過崖面壁，卻意外得華山風清揚祖師傳授「獨孤九劍」，後被師父岳不群設計陷入江湖人不恥境地。窘迫之中仍傾情相助恆山派並成為該派第一位男性掌門，並豪情幫助向問天解救魔教首領任我行，機緣巧合盡得「吸心大法」精髓，不但武功精進，且身上奇毒全釋。最後與愛侶——魔教聖姑任盈盈共結連理。

令狐沖

透過放浪形骸的表像，江湖中人看到了令狐沖的好。那種好顯示著一種不經意的隨意，也顯示著一種最真誠的關懷和最真摯的幫助。在揭開重重迷霧之後，江湖中人說，令狐沖是一位心地坦然的男子。因其坦然，獲得了愛情；因其磊落，獲得了友情；因其樂觀，重獲了生命。

令狐沖最後的坦然是淡薄了一切的功名利祿，和心愛之人歸於山野，撫琴弄簫，一曲「滄海笑，滔滔兩岸潮，浮沉隨浪記今朝……」有多少江湖人聽懂了其中曾經滄海的心情故事；有多少人領悟了曾經滄海後的恬淡心情。令狐沖和愛侶是笑著歸去了，青山隱隱，佳人俱遠，江湖人卻掩面思量，想著令狐沖因為什麼而能坦然如斯。

一天，人們看到了一篇文章，文章說：感激與信念就如同肌肉，你使用得越

多，它越是強健有力，你也就有更大的力量用它為自己取得利益。心懷感激就會在任何事物裡面發現有益的因素。心懷感激，人們就回歸了人的真正的本性，那麼人類就可以享受天堂的福澤，即使現在人們還在塵世間。也就在這麼不經意間，人們發現並理解了令狐沖能夠擁有的坦然。他正是因為感激與信念而獲取了生命中的美麗。不知道令狐沖是從什麼時開始學會心存感激的，有人說那與他的身世有關。從棄兒到被岳不群夫婦收養，令狐沖便知道了去感激別人對他的好，哪怕師父一而再、再而三地為難他，他也沒有想到報復或者背叛，他用感激的力量摒棄了心中的失落與不滿。人的心有時候就像一臺篩檢程式，人們所遭遇的難以言述的種種心情都裝進心裡後，它便開始啟動，因為每個人認定的生命法則不同，過濾的作用也不相同。比如令狐沖，他把感激、樂觀、豁達儲留了下來，而把痛苦、悲傷、誤解、不幸等等過濾了出去。所以，江湖中人看到的令狐沖儘管多病多傷，儘管受苦受難，他總是想著快意地助人、磊落地做人、樂觀地為人。就像常說的一個哲學命題——事物都具有兩面性一樣，人的心也有其兩面性。只要自己願意，就能從壞的事情中發現好的方面。這個道理似乎合了契訶夫說過的一句話：「自己的命運，必須由自己創造。」

在師父算計、初戀遠離、江湖誤會的窘境中，令狐沖等待著黑暗的過去，心中的黯然隨著酒澆去了。隱約中，令狐沖知道了世界原本就是複雜的，人性原本就是撲朔的，時間流過，真相總會大白於天下。帶著感激和信念，令狐沖看到了天邊的那一抹光亮。到今來，海角逢春，與江湖冰釋前嫌，與傷痛揮手道別，與真愛心映手牽，也許這是大難之後經歷的必然吧。所謂「人情閱盡秋雲厚，世事經多蜀道平」。於是，令狐沖攙著愛人之手，帶著昔日生活中體驗的歡欣歸隱而去。非看破紅塵，只是回歸，回歸到一個更開闊、更圓滿的生活狀態之中，去體驗與自然完全親近後的一種坦然。

風起過後，淡月微波，人們聽到了陣陣琴簫合音，然後靜靜地入睡。酣眠中，紅塵中的煩憂幻化成了彩色的夢。

岳靈珊

岳靈珊

岳不群、寧則中之獨生女兒，華山派人皆愛護的小師妹。與大師兄令狐沖青梅竹馬、兩小無猜。兩人創得「沖靈」劍法，可謂情投意合。後林平之歸入華山派，令狐沖又被逐出師門，岳靈珊與師弟小林子漸生情愫，並與之結合。無奈丈夫林平之欲報家仇，新婚之夜揮刀自宮，從此岳靈珊至死都落落寡歡。但在被林平之親手刺死的彌留之際，仍懇請大師兄令狐沖照顧自己瞎眼的丈夫。

岳靈珊

岳靈珊不是死於愛情，而是死於謀殺。兇手是她生命中最重要的兩個男人：父親和丈夫。在「辟邪劍譜」的爭鬥中，岳靈珊如一枚棋子，被自己深愛的兩個男人一步步逼進了死地。

江湖中一直盛傳，林家有一武林絕學——辟邪劍譜，得之便可獨步武林。不論是所謂的名門正派還是邪魔歪道，皆虎視眈眈，欲據為己有。因此，林家鏢局被毀的那一夜岳靈珊的悲劇便已注定。「辟邪劍譜」目睹了兩個男人濫用愛的權力——女兒引以為豪的父親憑藉女兒的愛，不顯山不露水地完成了對女兒的謀殺；妻子傾情相愛的丈夫，竟可以把曾經所有的愛攪得粉碎，竟忍心長劍一挺，讓妻子魂歸夢斷。

秋雨乍歇，只聽得江湖歎息聲一片：可憐靈珊，「當年不肯嫁春風，無端卻被

秋風誤。」人們在猜測，是什麼讓岳靈珊放棄了可能會讓她幸福一生的愛情，又是什麼讓她選擇了只一朝歡笑便淚水漣漣的日子？她對林平之的愛源於什麼？有人想到了兩個字：迷醉。當俊秀儒雅的林平之出現後，岳靈珊心中就萌生了一種比較，比較的結果便是發現了林平之不同於大師兄的細膩之美，那種美讓嬌小女兒迷醉，迷醉到斷送了性命也要維護。

然而這迷醉的愛情於岳靈珊真的就是一場災難。當林平之發現了操縱一切的是情人的父親後，那場愛戀就與幸福無關了。「幸福的愛情如同兩端平衡的天平，而失去平衡的愛情只有痛苦和不幸。」岳不群讓岳、林之間愛的天平開始傾斜，已經不相信公正、天理的林平之認定岳靈珊只是父親手中的一個砝碼。

春去冬來，江湖中人都知道，林平之錯了。岳靈珊愛他哪曾有過半點的功利，岳靈珊愛他已幾近柏拉圖式的愛情。想清楚弄明白了江湖依然一片歎息，為岳靈珊扼腕。不知當他們看到下面這段話時會有何感想：如果一人知道自己要什麼，那麼就沒有人能夠說服他接受別人認為正確的東西。對父親的愛、對丈夫的愛是岳靈珊無法丟捨的，那麼在旁觀者看來正確的東西在岳靈珊的眼中都被遮掩了，或者看清了也不願承認，或者她依然奢望用愛去改變一切。

看來網友的說法是錯誤的了。岳靈珊就是死於愛，死於情。

靈珊愛她的父親。岳不群把女兒對他的愛化成了支離破碎的謊言回答著女兒的愛。岳靈珊承受了。靈珊愛她的丈夫。林平之把對妻子的愛化成一把利刃，讓耀眼的鮮血去回報妻子的愛。

林平之的種種行為，讓岳靈珊有九百九十九條離開的理由，可第一千條理由是「她愛他」，之前再多的或恨或怨的理由都歸於零。最後，岳靈珊只能死在自己心愛的男人手上。如此，靈珊可以安息了，在她的心中自己是為愛而死的，與陰謀、與謀殺無關。

岳靈珊死了。悔乎？怨乎？恨乎？

岳靈珊死了，人們在她的碑上鐫刻了兩行字：「揀盡寒枝不肯棲，寂寞沙洲冷。」

她的名字，如一彎盈盈的海水，清澈卻望不到底。

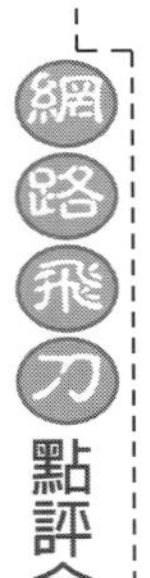

任盈盈

任盈盈

日月神教教主任我行之千金，被東方不敗封為魔教「聖姑」。令江湖人喪膽之作是一次刺瞎曾目睹過其芳容的十八位大漢的雙眼，但也為魔教下屬做過不少好事，故屬下之人皆心悅誠服。與令狐沖在綠竹巷相見後便心有所屬，為解令狐沖身上奇毒，甘願自困少林。後執掌魔教，與武林冰釋前嫌，並終與愛人攜手共吟《笑傲江湖》。

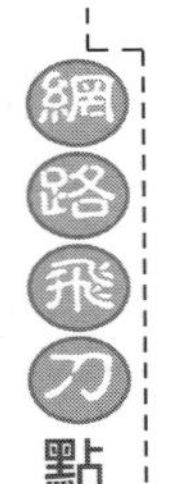

任盈盈

就像她的尊稱一樣，聖潔如月，卻泛著冷冷的光。於是，江湖人說，任盈盈恐怕會在黑木崖寂寞一輩子。於是，人們說，高貴的身分帶來的不一定就是人們想像中的快樂和滿足。又有人說，幸好任盈盈懂得把握，她為自己贏得了愛情，贏得了幸福。

黑木崖上，任盈盈在高高的神壇上接受著屬下的朝拜：「你高尚神聖不可侵犯，你尊貴無比威臨天下。你的朋友忠誠於你，你的屬下忠心於你。」人們能看到的任盈盈擁有著顯赫的權位，掌握著眾人的生殺大權，滿以為這個女子可以享盡天下的榮華富貴，是一個隨時隨地都可以把幸福攬入懷中的女子。可是，人們想錯了。唯任盈盈知道，自己除了擁有人們想像中的權位，她的生活已經被落寞、孤寂、不安所籠罩。在黑木崖，以為榮光無上的聖姑的日子其實就像幾米的一段描述：「有點無聊、有點寂寞、有點迷惘……只為比你們更高一點，我只好堅強地假裝。」假裝的安逸生活讓聖姑感到了恐慌，她不想在假裝的快樂中度過自己的花樣年華。聖姑離開了神壇，回到凡界中的綠竹巷，誰料想，這一去真的就找到了愛的天堂。

三毛語：「愛情不是必需品，少了它，心中卻也荒涼。」遇到令狐沖後，任盈盈知道了以前的孤寂、鬱悶原來與愛有關。同樣落寞的令狐沖闖進聖姑的生活後，她感覺到了愛情力量的強大。儘管她依舊用冷漠、孤傲裝點著情感，但她不得不承認「愛情的力量是那樣的神奇，它能從根本上改造我們自己。」為了愛，她甘願自困少林，與孤燈廝守，伴經書入眠；為了愛，聖姑努力學習著包容和寬容。直到一天，所有流過的淚，所有受過的傷皆化為烏有。小窗翦燭時，人們看到了一張燦爛的笑臉。

任盈盈隨著愛情走遠了，江湖人倒也相信了愛情的奇妙功能。愛讓孤傲又極為自尊的大小姐顯得極度的寬容和大度。愛是什麼呢？「愛是耐心，是等待意義在時間中慢慢生成。」當我們學會不奢望任何回報的愛的付出時，愛會在時間的磨練中讓平常的日子變得生動而有意義起來。

回首又聞佳人笑。這次不是任盈盈堅強的假裝。那分明是發自內心的歡愉之聲，一對神仙眷侶攜手相憐相惜。俄頃，一曲百轉黃鸝語，江湖人聽到了愛情的偈語。

神仙因愛情而幸福，
我們有了愛情，
宛如神仙一樣。
在有天堂般愛情的地方，
那裡人間的一切，
彷彿都在天堂。

不戒和尚

不戒和尚

儀琳之生父。本為一屠夫，因看中一尼姑便削髮為僧並與女尼結為夫婦。後妻子因妒離家，不戒天下追尋。誠心動天，和尚終得闔家團圓之圓滿結局。

不戒和尚

「千萬里我追尋著你，可是我卻無法靠近」，不戒和尚就這樣吆喝著一路狂奔而來，狂奔而去，在茫茫人海中去找尋他那位醋罈子老婆。真是羨煞了那位啞婆婆。不戒和尚只不過是多看了幾眼過路婦人，開了幾句玩笑，未曾納妾養小，未曾金屋藏嬌，就得用一生中最好的年華，風裡來雨裡去，披星戴月、風餐露宿地去找那離家出走的妻。

不戒和尚一定會被許多人笑話：「何苦在一棵樹上吊死。」何況那婦人非閉月羞花、沉魚落雁，一個十足的悍婦，走之正求之不得。然不戒只一句「年輕時不懂愛情」，人皆無語。眾人只求蒼天開眼，讓不戒和尚早日得以完成心願，與嬌娘修得餘生同度。

不戒是很懂愛情的，也是很會把握愛情的。當初看中了尚是尼姑的「啞婆婆」，

便以自己獨到的見解：「尼姑不愛屠夫，多半會愛和尚。」於是出家當了和尚，也贏得了愛情。

幸而皇天不負有心人。不戒和尚終於找到了愛妻。雖見面仍被戲謔了一番，卻得到了「醋婆婆」的諒解。「負心薄倖、好色無厭」八個大字，有如一道咒語，時時提醒著不戒，眼不可斜視，心不可旁騖。不然，醋罈子一旦打翻，妻又將飄然而去，不戒又得滿世界奔走，惹得江湖中人笑話不已。不戒和尚是聰明人，絕計不會吃二遍苦，受二次罪的。

怎麼也想不通，不戒和尚這麼一個粗魯、沒有心計的男子，也有著細如髮絲的心思。別看他成天吆五喝六、雞鴨魚肉的，對女兒儀琳可是愛之切切。真的是「知女莫過父」。不戒和尚洞察了女兒的心思，看著愛女一天比一天憔悴，不戒焦急萬分。誰說尼姑、和尚是不可以結婚的。「我是和尚，你媽是尼姑。只要為了愛，沒有什麼事不可做、不能做。」不戒按照自己的邏輯捉來令狐沖，要讓儀琳了卻心願。但他不明白女兒對令狐沖的愛太高尚了，是一種柏拉圖式的精神上的愛戀。

不戒和尚絕對是搞笑高手。為了替令狐沖治病，既不望聞問切，也不追根溯源。把本已弄得亂七八糟的令狐公子捉來，胡亂一氣地灌入真氣，把令狐公子弄得哭笑不得，把旁觀者搞得忍俊不禁。自己的女兒原是不染塵埃的仙姑，卻硬要讓她收個「採花大盜」田伯光為徒，把女兒儀琳弄得不知如何是好，把田伯光搞得英名掃地，顏面全無。

不戒和尚是簡單的。生活簡單，思維簡單，夢想簡單。他因簡單而快樂如風，並把快樂傳遞給身邊的人。

為妻，一生得這樣一丈夫，足矣。

為女，一生有這樣一父親，幸哉。

岳不羣

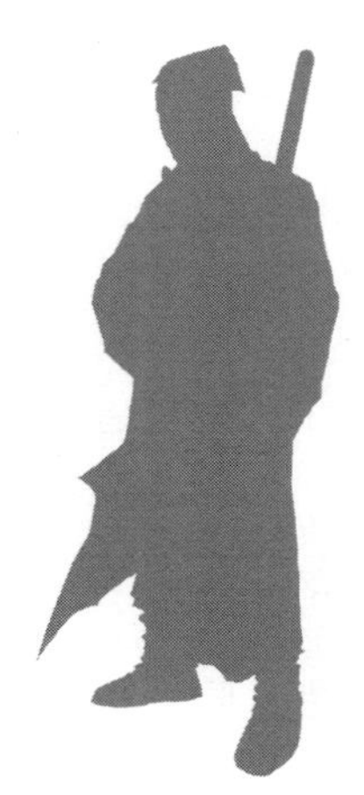

岳不群

華山派掌門，雅號「君子劍」，因「紫霞神功」獨步江湖。偶遇林平之，獲悉果有「辟邪劍譜」存世，便極盡奪譜之能事，害徒弟、殺同門。如願得譜練就神功，爭得「五嶽派」盟主之位，但其時已不男不女，全無「君子劍」風采，且弄得家破人亡，為江湖人唾棄。最終被恆山派定逸師太弟子儀琳所殺以報殺師之仇。

岳不群

岳不群最後成了啞巴。他的痛苦太深了，深得無法與人訴說，深得羞與人說。所以，他只有自封穴道。啞了，不滿嘴仁義道德、江湖義氣了，或許能減輕、淡化他內心的痛苦。「而今識盡愁滋味，欲說還休，欲說還休……」岳不群在遍嘗人間苦痛之後，可以在餘下不多的時間裡，不聞不問，只一心去參佛悟禪，滌蕩內心的罪惡和痛苦。

當初的岳不群憑著紫霞神功，憑著謙謙君子風度，令多少武林同道中人競折腰。人稱「君子劍」的岳掌門，面如冠玉，身高八尺，劍法飄逸出塵，談吐儒雅內秀，真一偉丈夫也。

看上去，岳不群無疑是江湖長者中的佼佼者。把五嶽派中的華山派治理得井井有條，許多門派只能望其項背。沖虛道長、方證大師兩位高人，歷經江湖風浪無數，閱人無數，皆對岳先生識大體、顧大局，謙遜寬容的胸懷讚歎不已，歎之「真君子也！」

看上去，岳不群無疑是徒弟眼中的好師父。令狐沖、六猴等華山門徒皆以有這樣的師父驕傲自豪。徒弟們都尊其為父，期望有一天武功能達到師父的七成，為人處事能學到師父的一半。那樣便可立足江湖，鏟奸除惡，樹武林正氣。能成其為門徒者，皆暗自慶幸：「真幸運也！」

看上去，岳不群是妻子眼中的好丈夫、女兒眼中的好父親。對妻子寧女俠，岳不群是極盡關懷溫柔體貼之能事；對女兒岳靈珊，岳不群是呵護備至、關愛有加且教女有方，使靈珊出落得溫溫柔柔一淑女，坦坦蕩蕩一少俠。

可是，男人的欲望太多，太複雜了。

岳不群這樣一個君子，也會陷入欲望的溝壑而難以自拔。是「辟邪劍譜」的誘惑太大了，還是人的欲望無止境？論武功，岳不群已經算是當時頂級高手，沒有林家的「辟邪劍譜」他一樣可以雄踞江湖一隅，把華山派的凜然正氣發揚光大，為後世頌揚。看來，還是岳不群太狹隘了，對「事業是男人的全部」的理解太過偏執了。他以為，得了「辟邪劍譜」就可練就神功，就可成為五嶽盟主，稱霸於全武

林，建立他的千秋偉業。在錯誤思想的引導下，岳不群憑著自己高於常人的心智，開始加入到爭奪劍譜的行列中，開始遊刃有餘地實施著奪「譜」計畫。什麼親情、友情、師徒情，全都拋之腦後；什麼道義、正氣、規則，全然不顧。為我所用者，盡其所能。高徒令狐沖得為他背黑鍋；愛妻寧則中得為他守空房；愛女岳靈珊得為他獻出生命；女婿林平之得為他改變做人的標準。岳不群不愧為高手、帥才，一出手就招招見血，不露聲色就得到了自己想要的。而且還一如既往地表現著他的「君子劍」風度，他的浩然正氣。

如果僅僅以成敗論英雄，岳不群是最大的贏家。左冷禪煞費苦心、步步為營，又是派臥底，又是拉攏林平之，結果還不是被岳先生弄瞎了眼，落得個悽慘下場。

可是，「真理不是強權的女兒，是時間的女兒」。日曆一頁頁翻過，岳不群被時間老人一層層撕下偽裝。愛他的，恨他的，信任他的，不信任他的，都看透了他。擁有了絕世武功又如何，只落得個孤家寡人一場空。

岳不群是欲歸無從了。幸好他還有未來。憑著他的智慧，借著勇氣和信心的翅膀，再讓深深的、真正的痛苦為其引路，啞了的岳不群可能就會重新找到人生的價值，走出自己的心魔。

後有一四方遊僧，曾在一深山碰見岳不群，在山的一面，遊僧見到了這樣兩行字：「心靈也有其外衣，我們不應該脫掉它。」

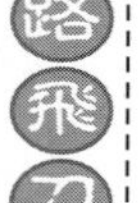

東方不敗

東方不敗

原為日月神教教主任我行手下一小嘍囉，後背叛任我行自稱教主，實則教中大權歸其斷袖之寵楊蓮亭手中。自己潛心修練「葵花寶典」，武功已至登峰造極，但其身亦如岳不群、林平之一般。任我行得出大牢找其復仇，合任我行、令狐沖、向問天、任盈盈四人之力尚奈他不得，後為救楊蓮亭方被四人殺之。

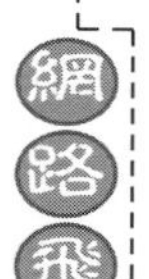

東方不敗

東方不敗與任我行是一對知己，他們站在異端彼此欣賞著。

「最強與最壞的人迄今一直超越在人類的最前面：他們總是使睡著的人們再振作起來。」東方不敗在顛覆之日就知道他將得到一個真敵人，然而他們沒有選擇斬草除根。這不會是感情欺騙了理智，而應該是一個野心男人對另一個野心男人的惺惺相惜。還有一個原因大約是東方不敗害怕自己在大功告成後睡去，留著任我行就為自己樹立了一個天敵，好比貓之於老鼠、鷹之於兔，失去一方另一個的某些功能就會漸漸減退，甚或被自然界淘汰。東方不敗是想讓自己活得提心吊膽些，那樣反而會更有鬥志一些。

如果東方不敗知道了事情的真相，當初他會不會殺掉任我行？還是黑木崖教主的任我行知道東方不敗不是向問天，他長有反骨，總有一天會「反水」的，所以任我行為東方不敗備下了「葵花寶典」，所以當任我行重新見到已是身著女兒盛裝、描眉畫紅的東方不敗時，任我行狂笑著說：「你終於變成了這個樣子！」也許在任我行看來，男人失去了「根」是對男人最大的懲罰吧。可是任我行錯了，他沒有想到「揮刀自宮」後的東方不敗竟然狂熱地愛上了自己的新角色。東方不敗曾對任盈盈說：「做水做的女兒多好呀。」那種哀怨、淒美的眼神像極了《霸王別姬》中的程蝶衣。所以，想來東方不敗一定是非常感激任我行的，是任我行讓他有了做女人的那份美好感覺。

以前對同性戀十分地反感。在看了《藍宇》後發現原來兩個男人間的相愛也可以那麼的自然、那麼的合乎情理。於是想，塵世中愛情除了不計較年齡、身分、地位外，還得加上一條不在乎性別。因為沙特早就告訴了我們「存在就是合理的」。

不知道東方不敗對楊蓮亭的愛是兩個男人間的愛還是一個女人對一個男人的愛，無論如何，他們在以自己的方式相親相愛著。可是城府極深的東方不敗在處理感情問題上是有些天真了。他以為那只是個人的私事，與江湖有何干？顯然他是忘了自己是一位名人，他的所作所為會對社會造成一定的影響。江湖是大家的江湖，人人都得遵守遊戲的規則。凡有悖常理的事就得糾正過來，得符合大多數江湖人的審美標準和道德理念。儘管有時候你所做的事並不妨著誰、礙著誰，可是誰的眼睛裡容得下沙子？東方不敗只得在自己的後花園裡哀歎：愛一個人好難。難得要用性命去換取，天意如此，東方不敗決定離開人世。

江湖上關於東方不敗的死流傳著幾種不同的看法：

浪漫主義者認為：東方不敗是為愛情而死的。在生命的最後一瞬，他終是握住了愛人的手，帶著一絲遺憾，帶著一絲纏綿，慢慢地閉上了雙眼。

現實主義者認為：東方不敗不得不死。他必須對他的行為負責，必須對整個江湖有個交代。死亡是他最好的結局。活著的人是不會與死去的人計較什麼的。

社會學家認為：從東方不敗的死可以看出這樣一個問題，一個社會的進步需要每個人的共同努力，而所有人的行為除了用法律來約束外，還需要道德的力量來規範。

東方不敗不會想到，他的死也會引出這麼多的話題來。江湖總是多事的。

儀琳

不戒和尚、啞婆婆夫婦之愛女，但從小在恆山派長大，師從定逸師太。行走江湖時，被採花大盜田伯光所虜，幸華山派師兄令狐沖出手相救，從此為情所牽，但終是空中樓閣。在手刃殺師仇人岳不群，堅辭掌門之職後，在恆山一心參禪修佛。

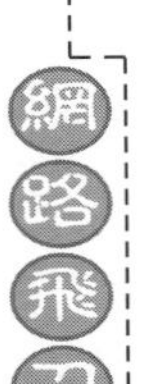

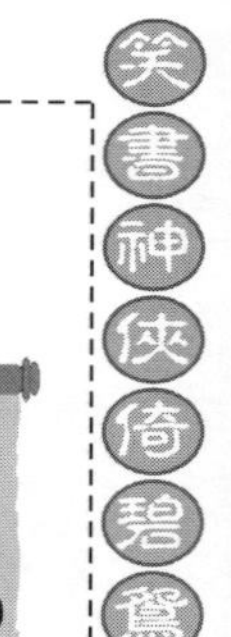

儀琳

二十世紀初，奧托．魏寧格在他轟動一時的書《性別和性格》裡這樣寫到：「愛情和情欲是根本不同的……因此，當一個人確實在愛著的時候，他完全不可能要在肉體上同他所愛的對象結合。」這段話彷彿是為儀琳的愛情觀量身定做的一般。儘管很多人宣稱：性愛是所有愛情的沸點。可儀琳對令狐沖的愛，就只是單純的愛，沒有私欲，沒有對肉體的渴望。有調查顯示，環境對一個人的成長及其意識形態的形成起著至關重要的作用。在尼姑庵長大的儀琳，從小接受的就是要對佛虔誠和要清心寡欲的教育。愛上令狐沖已經讓儀琳覺得自己罪孽深重了。

然而，「哪個少女不懷春？」佛門中的儀琳也是妙齡女孩，初涉江湖便遇上了俠肝義膽的令狐沖，與這樣一個異性的偶然相逢讓少女的心田蕩起陣陣漣漪是很自然的事。

曾經有一首歌裡講述了這樣一個故事：一個從未下過山的小和尚要去化緣，做師父的心裡就開始擔心了，於是便對徒弟說：「山下有種叫女人的東西是非常可怕的，可怕的程度相當於老虎，你遇見女人的時候可千萬要躲開呀。」小和尚牢記著師父的教誨化緣去了，回來後卻對老和尚說：「師父呀，真是奇怪，為什麼老虎她直撞進我的心裡來。」不戒和尚說得對：「尼姑和尚都是人。」費爾巴哈說：「愛就是成為一個人。」每個人都會經歷這樣一個情竇初開的階段。

佛門經常講的兩個字「隨緣」。儀琳和令狐沖的相識本來就是一種緣分。不然為何出手救儀琳的恰是令狐，而非江湖中別的什麼西門、慕容、歐陽；不然為何在令狐沖受重傷之時，照顧他的是儀琳，而不是盈盈或靈珊。

經歷這樣一段奇遇，儀琳對生活、對信仰有了更深刻的理解。令狐大哥要吃西瓜，儀琳違反了佛門弟子戒偷戒盜的戒律，去瓜地裡私自取了來。令狐沖邊吃西瓜邊安慰著像做了錯事的孩子似的儀琳說：「口渴之人竊瓜，不謂為竊，乃需。」儀琳覺得師兄說得有理，佛經也曾云：「布施眾生，饑者食之，渴者飲之。」自己這樣做也是在幫助塵世中的人，給他們所需要的，為他們減輕痛苦。儀琳同時也懂得了，師父所教導的、佛經所點化的不是一成不變的，在實際的運作過程中，可以舉

一反三，觸類旁通。電影《少林寺》的一句臺詞：「酒肉穿腸過，佛祖心中留。」至今仍然為人們所津津樂道。

雖然儀琳明白自己的愛情只能是一段風花雪月的故事，可女兒家的心事太重了。儀琳不斷地問自己：「告訴我愛情生長在什麼地方？是在腦海裡？還是在心房？它怎樣發生？它怎樣成長？」憂傷的愛情讓儀琳「人比黃花瘦」了。瘦在兒身是疼在娘心呀。為娘的啞婆婆可不管那麼多的清規戒律，捉來令狐沖，讓他立即娶了儀琳。啞婆婆又犯了「老子會游泳，兒子一定會游泳」這樣一個邏輯錯誤。儀琳不是她，儀琳不會像她當初嫁給不戒那樣義無反顧地嫁給令狐沖。因為儀琳知道：令狐沖對她就像天邊彩虹，令人迷醉卻會消失。

手刃恆山派仇人的儀琳放棄了做掌門的機會，也很少在江湖行走了。潛心修佛，過去一度關於愛的煩惱的心，也漸漸歸於平靜、安寧了。

有閨中密友問儀琳：「後悔嗎？幸福嗎？」儀琳回答說：「我在應該戀愛的季節品嘗了愛的滋味，我的生命是沒有遺憾的，悔從何來？」

至於幸福，儀琳則說：「幸福與否，沒有絕對的答案，關鍵取決於你對生活的態度。」夕陽中，儀琳不斷地參透：淡是一種至美的境界。

桃谷六仙

桃根、桃幹、桃枝、桃葉、桃花、桃實孿生六兄弟。六仙以兩大絕技行走江湖。一為好饒舌、喜抬槓；二為兄弟六人意氣相通，可將對手大卸八塊。六人雖幼稚好鬥，但天性淳樸、誠實、義氣。後歸入令狐沖執掌的恆山派門下。

桃谷六仙

闖蕩江湖的人都知道一個簡單的道理：「我不吃人，人便吃我。」要想不被人吃，至少得有一門獨步武林的絕招讓對手忌憚。桃谷六仙還沒有走出桃谷的時候就聽說了這句話。他們覺得有必要很清楚地認識自己：優勢是什麼？劣勢有哪些？把這些問題搞清楚，想明白了，進入陌生的江湖就不會惶恐。他們像當初諸葛亮與劉皇叔權衡天下事一樣，分析了當今的武林。設若以武功揚名江湖，困難重重，望其同道中人，武功登峰造極者數眾。只有另闢蹊徑，以奇取勝。最終，六仙找到了他們的強項——以「嘴」闖蕩江湖，並相信自己會在這方面有極高的造詣。

找到了方向，六仙出發了。他們相信燦爛輝煌的明天就在不遠的江湖。

酷夏失眠的夜晚，最怕的事就是蚊子從高空俯衝而下，然後在你耳邊嗡嗡不停。等你四處尋找它的蹤影時，它已經吸飽你的血飛走了。初出道的桃谷六仙就像那些蚊子，逮誰叮誰，不論善惡，不分美醜。儘管如此，六仙的出現也讓江湖中人頭痛不已，以前的江湖可沒有這樣的專職監督員。江湖中人每每談及六仙都會說：「孫行者真是幸運，他只遇上一個唐僧，而今我們面對的是六個唐僧，那個緊箍咒一念，真是痛不欲生啊。」看來江湖的機制還得不斷地健全。有了六仙這樣的人出現，以前無拘無束的江湖中人就得對自己的語言、行動有所約束和規範，不可率意而為，不然六仙定會將之公諸於天下，眾目睽睽之下誰還敢胡作非為。「痛並快樂著」成了六仙行走江湖的心理寫照。

日子一天天過去，經過江湖的洗禮，六仙也逐漸變得成熟起來。他們認識到不能太無的放矢，對於兇險的對手，必須在幾招之內擊中對方要害。

六仙最精采的一次連袂演出是五嶽派推選盟主之時。當時岳不群已練就「辟邪劍譜」裡的絕世武功，並想借此取得盟主地位。六仙來了，他們配合得天衣無縫，妙語連珠間把岳不群的偽君子形象揭露無遺，武功高強的岳掌門卻只能緘默其言，不敢下手加害。

從此，六仙奠定了在武林中的「名嘴」地位。他們已經改變了「只為不被人吃」的出道初衷，把自己當成了陽光下罪惡之終結者，有了一份使命感和責任心。六仙

認為：「『人正不怕影子歪』，『心中無冷病不怕吃西瓜』」。只要自己的所作所為對得起良心，對得起江湖中人就不會怕他們說。

在適應了桃谷六仙胡言亂語後，江湖中人漸漸喜歡上了他們。人們從他們身上看到了淳厚的人性之本，看到了坦蕩無私的君子風采，也看到了助人即在助己的快樂之美。人們也認識到了六仙的價值，在他們的插科打諢間，醜陋的美麗外衣被撕破了，江湖中人體會到了「帶淚的笑」也這般的撕心裂肺，振聾發聵。並且，人們也逐漸感受到了良好秩序所帶來的好處：強者不可以任意恃強凌弱；偽者不可能永遠帶著面具。

六仙告誡江湖中人：「在一個浮躁的時代，最好有一顆平常的心。」

有高人告誡成功後的六仙：「千秋萬歲名，寂寞身後事。」

田伯光

田伯光

「採花大盜」。輕功了得，人稱「萬里獨行」。一手快刀，刀法出神入化。打賭輸給令狐沖後，拜儀琳為師，後被儀琳生父不戒和尚所擒，被閹，取法名「不可不戒」。

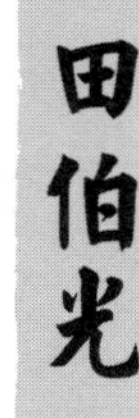

田伯光

天下喊冤的豈只竇娥一個，田伯光之冤恐怕也是可以「六月飛雪」、「血濺白練」的，只是田伯光之冤實乃自找的。

號稱「採花大盜」的田伯光究竟採了多少「花」，江湖人無從得知，眼見的只是他與儀琳的一段花絮。某日，溪邊的儀琳被田伯光所擒，落入採花賊之手，儀琳處子之身危矣。小尼姑儀琳終是虎口脫險，很多人說全仗令狐沖死命相救。依我看，事實並非完全如此。令狐沖鼎力相助只是盡了人力，令狐沖武功本不及田伯光，就算在山洞中令狐沖用計破壞了田伯光的好事，憑著田伯光「萬里獨行」的輕功擄儀琳去別處尋歡，令狐沖即便想救只怕也是力所不及。

所謂「採花大盜」者，盜之，必摧之也。哪有摘後還以禮相待之理，因此很有可能田伯光非真正意義上的採花大盜。還有一種可能，田伯光乃「採花」一族中之

雅士，折「花」之後還想著溫柔地征服，告訴「花」：是你的嬌豔、你的絢爛、你的婉約讓我情不自禁……不過想來，這樣的人是不應該歸入「採花大盜」序列的，要說也至多是個儻公子風流成性。由此來看，最大的可能性是，田伯光假借「採花大盜」之聳言名諱行走江湖。要知道在江湖上闖蕩有一個響噹噹的名號很是重要，而單以武功立名江湖又是需要很多時間的。於是，借人們對「採花大盜」長期以來深惡痛絕的心態，很快地田伯光在江湖中有了名氣。

還有人用三段論證證明田伯光非下三濫之流。即：令狐沖雖狂放不羈，但凡是心術不正之小人令狐沖是羞與為伍的，後來令狐沖卻與田伯光成了朋友，故田伯光只是徒有虛名的「壞人」。俗話說得好：「物以類聚，人以群分。」

沒錯，人以群分。在我們身處的社會，沒有階級卻有階層。社會階層在我們的生活中依舊真實地存在，幾乎每個人都要歸屬於某一特定階層。三六九等並非只代表著「歧視」這麼簡單的含義。好比有了貂皮大衣，有了寶馬，有了豪宅卻依然無法被認同為進入了上流社會，財富只意味著單純意義上的有錢。曾經聽說過這樣一句話：「奢侈需要學習。」當時，聞此言就像《格調》作者保羅・福塞爾說的「今天，你只需要提及社會等級這個話題，就可以輕易地激怒別人」一樣，內心真的被激怒了，憑什麼奢侈也需要學習！可是，後來我知道了那句話沒錯。要想成為一個有品味的人，學習是必須的。最起碼要「能品評不同檔次的珍饈美味，分清得體的衣著與建築，懂得欣賞各種樂器、運動項目、舞蹈和刺激品」。

有位同事曾說，買房子最好事先了解一下周圍鄰居的構成情況，如果左鄰右舍高出你很多你將會不堪重負。想來所謂「不堪重負」不只是經濟收入多與寡那麼簡單吧。

田伯光是很冤的。採花不成倒成了「不可不戒」。自詡為「採花大盜」，不論是名副其實還是徒有其表，首要的是得有一個完整的身體，既然沒有了就徹底了斷吧。歸去，也無風雨，也無情。

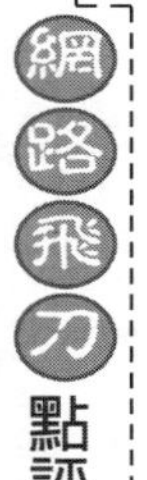

任我行

日月神教教主。被東方不敗設計關入西湖地牢十餘年，在地牢中練就「吸星大法」。

任我行

無論未來如何，首要的是守住心的寧靜，地牢中的任我行告誡自己。任我行做到了，儘管江湖人看到復出後的任我行滿是殺戾之氣。但十餘年，在不見天日的地牢中存活而且充滿鬥志，任我行得益於安守了那份心的寧靜。寧靜給予黑暗中的任我行一片明亮的天空。

十年，似乎彈指一瞬間，卻可將少年變為青年，讓中年進入暮年，想想看，如果不是因為寧靜，十餘年地牢生活將如何挨過。雖有「歲寒四友」朝夕相處，但卻是酒不能共飲，琴不能同撫，劍不能齊舞，棋不能對弈，甚至連說話的人都沒有，那份寂寞、孤獨、悽愴有多少人可以承受。所以有人說任我行乃帥才、梟雄是千真萬確的。

人不可以怨天尤人。江湖中很多規矩闡述的是道理和規則。比如，技不如人就

得受制於人；要想贏取勝利唯有改變自己。就像任我行，東方不敗沒有殺他，他是有些感恩的，對他來說性命代表了希望。於是任我行把地牢當成絕佳的閉關場所，專心修習「吸星大法」。很多人感到奇怪，任我行尚不知道自己能不能活著走出地牢，他如此廢寢忘食地練功有什麼用，也許連任我行自己都不知道「吸星大法」對他有什麼意義。其實，很多東西學的時候通常都覺得是毫無用處的，可如果一旦有了機會，堅持學習者便成了贏家。誠如斯言：「上帝真正的寵兒不是那些得到額外恩賜的人。」終於，堅持不懈所帶來的光芒惠及到了任我行。

走出地牢的任我行做的第一件事是捨棄寧靜。首先打破他心之寧靜的是復仇的火焰。賬一定要清算，儘管任我行早替對手安排好了不男不女的結局。突然想到，「有難同當」的誓言要麼是美好的願望，要麼只能是真正高尚者之間才能擁有的承諾。任我行與東方不敗當初這樣的對天盟誓恰似作秀。

真正讓任我行無法堅守心之寧靜的是權力。權力的真諦在一般人眼裡是根本無法想像的，早已體會過權力力量的任我行在重掌權力的法杖後變得有些變本加厲了。一定要清除異己和一統江湖的雄心壯志讓江湖腥風血雨起來。幸好只拉開了序幕，任我行就倒下了。也許在最後的殘喘中還有太多的不甘，但他都只能說：「永別了，武器。永別了，江湖。」

老人徹底歸於了平靜。江湖卻因他而不能平靜。人們在想著寧靜的任我行與躁動的任我行。沉吟前事，他們明白了，主導人的兩種不同表現的是思想。思想告訴心：你寧靜吧，於是心就安寧地守候著主人。思想有了太多欲望，心也就無法獨立地單純著。

天地一片黑暗，囚不住心中的陽光。倘若心頭一片黑暗，還有什麼可以將其照亮?!

左冷禪

嵩山派掌門，掌門功夫「寒冰神掌」，亦學會不知就裡的「辟邪劍法」，在與岳不群爭奪五嶽盟主之位時，被岳不群刺瞎雙眼。

左冷禪

在被繡花針劃破雙眼的一剎那，左冷禪見到了岳不群投過來的滿是嘲諷與傲慢的目光，還伴隨著一句讓他心驚肉跳的話：「機關算盡太聰明，反誤了卿卿性命。」從身到心，左冷禪差點完全地坍塌。很快地，他明白了，這就是戰爭——「成則王，敗則寇」。拾起殘破的自信，左冷禪對自己說：「鼓起勇氣吧，戰爭還未結束。」

瞎了眼的左冷禪大度地退出了盟主爭奪戰，靜悄悄的腳步聲彷彿是告訴江湖中人：我已然成了一個廢人，再也不可能掀起什麼軒然大波，你們大可放心了。不知道是不是「一朝被蛇咬，十年怕井繩」的心理，少有江湖人相信左冷禪的表白，人們更相信任我行對他的評價：「你鬼鬼祟祟，安排下種種陰謀詭計，不是英雄的行徑。」左冷禪為他日反戈一擊埋下的第一道伏筆失敗了，這使他十分沮喪，他知道未來的路將更艱辛難走了，除非放棄權力的夢想。放棄夢想，在左冷禪看來就意味

著平庸，可他正是為了拒絕平庸才處心積慮地派臥底、搞分裂、拉幫派、扮魔教、殺同門……

夢想，大約每一個人都是有的。記得小時候大人們最愛問我們的一句話就是：「長大後想當什麼或做什麼？」千奇百怪的答案寄託著的都是小孩子的夢想。後來，長大了，每日的奔波讓兒時的夢想已成為了純粹的記憶，可是突然有一天停下來才發現沒有夢想的生活透著一股蒼白。左冷禪是害怕征鴻過盡，萬千心事難寄的尷尬。他篤信著一位哲人的思想：「你得按照所想的去生活，否則，你遲早得按照生活的去想」。左冷禪所想的生活就是成為五嶽盟主後讓他一統江湖。大約是雄心壯志讓他忽略了一個道理——凡事過了頭就容易走向另一個極端，因為「人的眼睛不能看到事物的全部，因為事物的全部延伸於幽冥隱蘊之處」，因此人們常會聽到一些善意的提醒——把握、控制、定位。登高的人，途中總會停下來一會兒，除了休息外，還欣賞風景、看看自己所處的位置，然後選擇道路繼續前進。如果只一味地埋頭向前衝，身邊的美景錯過了，也許到達頂峰的路也選錯了，好比夢想，過頭了便變成了溝壑難填的欲望。

左冷禪的欲望依然來自男人最看重的權力，似乎擁有了權力就可以主宰世間萬

物，唯其擁有了權力才能把自己的命運握在手中。有人講述了一個關於權力的故事。黑熊、灰狼、狐狸組成了一個強盜集團，經常肆無忌憚地襲擊羊群，羊群想了很多辦法都沒有打破它們的聯盟。後來一隻年輕的頭羊決定讓黑熊、灰狼、狐狸其中的一個來擔任羊群的頭領，它們三個好像看到了可以肆意吃羊的美好畫面，而且都認為自己是當之無愧的頭領。於是，黑熊咬斷了狼的脖子，而狐狸則靠機敏讓黑熊栽進了陷阱裡，然而對於羊群，失去黑熊和狼的狐狸只能望「羊」興歎了。眾羊也明白了，權力原來只是一個陷阱。

瞎了眼的左冷禪真的無法讓江湖安靜，可人們都說，他應該醒醒了——「權力本身是不可求的，對於權力有時應當拒絕，有時則應當辭去」。

書劍恩仇錄

書劍恩仇錄

才貌雙絕的霍青桐，指揮大軍鎮靜若定，備受族人擁戴，卻無力爭取自己的感情，堅強的外表下是一顆寂寞無助的心。每看一次《書劍恩仇錄》就為霍青桐覺得不值，是否這世上的許多男子也如陳家洛一樣，對於精明幹練的女子，只是欣賞她們的能力，而忽略掉她們真實的內心情感？沙漠中的翠羽黃衫，策馬向前時是那樣的堅定，卻也是那樣的孤獨。本書是金庸的第一部長篇，這也可能是金庸最不討女性讀者喜愛的一本書。

陳家洛

陳家洛

出身浙江海寧陳閣老之家，與乾隆皇帝為同胞兄弟。從小被送往回疆跟隨袁士宵修習武功。二十歲當上紅花會總舵主，統率群雄反清、光復漢人江山。然其性格優柔寡斷，與乾隆皇帝議和，不但令心愛女子香香公主香消玉隕，紅花會多年基業也毀於一旦，最後心灰意冷歸於回疆。

最後的陳家洛就像一隻被外力充脹的華美氣球，外人看上去充盈、飄逸、高高在上，實則只有他知道自己已經到了難以承受任何壓力的地步，輕輕的一口氣一陣風都足以讓他毀滅。所以，當陳家洛哭泣著為香香公主吟唱：「浩浩愁，茫茫劫，短歌終，明月缺。鬱鬱佳城，中有碧血。碧亦有時盡，血亦有時滅，一縷香魂無斷絕！是耶非耶?化為蝴蝶」的時候，毋寧說是在哀悼自己無從歸去的魂靈。

以為親情就可以化腐朽為神奇的于萬亭把「反清復明」的秋夢託付給了當時天子的弟弟，也許在于萬亭看來，那割捨不斷的血脈可以讓從小就認為自己是滿人的乾隆在秘密暴露後就能把江山歸還給漢人；也許在陳家洛看來，違背故人的願望是大不敬的，何況今後的歲月完全可以把紅花會的事業作為一個理想去追求、去實現。在那樣一種尷尬、難捨的境況中，陳家洛走馬上任了。然而事實是，一帆風順

長成的陳家洛尚沒有能力去經營如此大的一份事業，尚沒有能力去與已經治理天下數年的親哥哥抗衡，無論是智力還是圓滑練達的處事待人能力。在回到回疆後，陳家洛曾模糊地問過自己：難道僅有理想和熱情是不夠的嗎？不知道那個睿智的阿訇告訴過他些什麼，《聖經》裡有一句倒是可以回答陳家洛的疑問：「患難生忍耐，忍耐生練達，練達生希望。」

自從陳家洛當上紅花會的領袖後，在六和塔徹底失敗之前，陳家洛所經歷的所承擔的都是一些小波小浪，而且還有紅花會群雄為之排憂解難，初長成的陳總舵主直接面對的唯一強硬對手除了張召重就是群狼，還有，就是愛情了。而這一切給予和教會陳家洛的東西實在太少了，他依然地天真、輕信、浮躁、甚至薄情寡義……因為他的天真，六和塔下，紅花會「反清復明」的夢想終於完全地醒了、破了、滅了；因為他的輕信，紅花會群雄未來的歲月還不知會是怎麼樣的東躲西藏無國無家；因為他的所謂天下計，自己的愛人就要去為別的男人獻上胴體、青春和以淚洗面的美好年華。

舞歇歌沉，斜陽淚滿。謝幕了，江湖中有人回過頭去看看陳家洛走過的日子，會說陳家洛也是一位殉葬者，從他當上紅花會總舵主的那一天起。當陳家洛被紅方、白方不由自主地推上那個他力所不及的位置後，逼他上馬的人便撒手不管了，任由一個沒有一點社會經驗的人去東突西奔。他們沒有給他時間去儲藏、去準備，陳家洛倉促地上路了，面對變故、面對兩難、面對打擊直至最後的一敗塗地，陳家洛輸得連靈魂都找不到去處了。一位登山者曾如是說：「當靈魂接管了身體，讓人忘記肉體承受的壓力，靈魂得到滋養，內心才能變得更加堅強。」而失敗後的陳家洛空負一身天下奇功，只剩下孤獨和痛楚的心靈，哪裡還有能力去重整旗鼓，哪裡還有信心去讓內心變得堅強起來！

《伊索寓言》裡有一則蟬與螞蟻的對話。一隻蟬到了冬天快餓壞了，於是請求螞蟻給它一點吃的。螞蟻問：「你夏天幹什麼去了？」蟬答：「我一個夏天都在唱歌。」螞蟻說：「既然這樣，你為什麼不在冬天的時候跳舞呢？」伊索想告訴人們的是什麼？夏天的時候也許蟬會嘲笑螞蟻不會享受生活，可是到了冬天，享受了生活的蟬面臨被餓死的危險，連生命都沒有了還能享受什麼呢？一年四季春夏秋冬，誰能選擇只過想要的季節。也許伊索想說的是生命就是一個不斷儲備的過程吧。在不斷儲備中人學會了應對各種事物的能力，於是人就擁有了過好日子的能力。

陳家洛的歷史真的就要合上最後的一頁了，悄然而無奈。可是陳家洛讓江湖人看到了，看上去很美的東西不一定是真實和幸福的。

余魚同

位居紅花會第十四把交椅。一支笛子行走江湖，雅號「金笛秀才」。喜歡咬文嚼字，儒雅、清高而略帶自負。暗戀紅花會兄弟文泰來之妻駱冰且有不禮之舉，後為救文泰來被大火毀容並一度出家為僧。千金小姐李沅芷傾心於他，歷盡磨難後有情人終成眷屬。

余魚同

在拒絕和渴望之間，余魚同把自己折磨得幾乎不成人樣。

拒絕和渴望的都是愛情。區別在於，前者是拒絕別人的，後者是被別人拒絕。區別還在於渴望的愛情被拒絕，於是心就被尖刀劃成了幾瓣，片片飛紅；拒絕別人的愛，於是心又多了一份負疚，一種債務。拒絕與渴望，層層疊疊不知幾時得休。都說，人是矛盾的統一體，那麼愛呢？作為人與生俱來的品性之一的愛要經歷怎樣的涅槃才能達到和諧而又矛盾著的統一？一些孱弱的人說，怕只怕，如余魚同一般，回首舊事，「恨星星，不堪重記」。

在拒絕與渴望的交纏中，余魚同接受了拒絕的愛情，但是誰敢說他就捨棄或遺忘了渴望的愛，那份給予李沅芷的愛是心的幾分之幾？江湖人說，這樣的時候最易嗟歎一個詞：時間。時間啊時間，嗟歎中長長的歎息，是無奈？是參透？是了悟？

是一顆心對另一顆心永久的期待……

當余魚同在酒店大嚼「餘者人未之餘，魚者渾水摸魚之魚也，同者君子和而不同之同，非破銅爛鐵之銅也」。人們看到的是一個儒雅、自負的少年書生，誰能想到這樣一個坐著紅花會第十四把交椅的有為少年有著無法向外人道的關於愛的令人感傷的情懷，直到看到他對四嫂駱冰傾情一吻，人們相信了培根先生的那句話：「在私生活中，人的天性是最容易顯露的。」在余魚同青澀而「不恥」的愛情中，少年書生猖狂的天性展現得一覽無遺。愛情本來就不是理性的產物，就如一首歌裡所唱：「愛有幾分能說清楚，愛有幾分是糊里又糊塗」。當人們睜著眼睛談戀愛的時候，那樣的愛也許就會多些功利、多些實際，也許就會少了些如余魚同或別的我們記憶中存儲的有關愛的刻骨銘心。儘管有人會說愛情都將歸於平淡、樸實的生活，但也有人會反問：「明知道吃了還會餓為何人還要吃飯。」過程，有人說這就是江湖人不斷強調的魅力。生命的過程、生活的過程、愛戀的過程，苦的甜的酸的最後都將留給人一個長長的值得回憶的過程。

從寶相寺重歸江湖的余魚同完全懂得也體會了「過程」賦予他的美麗。當初在渴望的愛情被拒絕後，余魚同在寶相寺聽到「你即無心我便休」的召喚皈依了佛

祖，最終他依然捨不下紅塵中愛恨煩憂帶給他的過程的感動，又回到了塵世中，並準備好了去體驗未來不可知的歲月將給予他的不可捉摸生活的全部過程。

塵埃落定。余魚同拒絕和渴望的愛情都落定了。從俊美的書生變為醜陋男子，余魚同無論是面容還是心靈都經歷了一次蛻變，蛻變的過程讓他似乎找到了人生快樂的本源。「人生最大的快樂不在於佔有什麼，而在於追求什麼樣的過程。」

到黃昏，點點滴滴。生命中點點滴滴的碎片被過程串成一幅幅美麗的風景，在人生的夕陽中，誰還會在乎曾因過程有過的傷肝裂肺的哭泣與滴血呢？

霍青桐

香香公主的姐姐，回疆族人婦孺皆知的「翠羽黃衫」，智勇雙全。為追回族中聖物「可蘭經」來到中原，與陳家洛等人相打成交，並互生愛慕之意，但因女扮男裝的李沅芷令陳家洛產生誤會，此後由於香香公主介入，終是情難寄託。

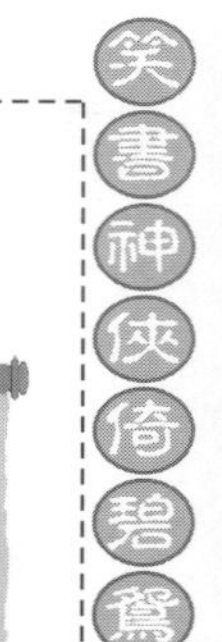

霍青桐

女人是花。花因愛情而滋潤、綻放。可是愛情碎了，花也散亂了，如霍青桐。散亂的翠羽黃衫　淚眼婆娑地看清了眼前的愛人，卻怎麼也看不清自己的未來。未來是什麼？

當寶劍贈與陳家洛後，霍青桐心中未來的藍圖是與美好的愛情有關的。在回到回疆之前，一種令靈魂飛舞的愛情讓隨時陷於危險境地的女子心中充滿了柔情，充滿了平和，充滿了嚮往。無奈本就無所謂忠誠的愛人背棄了愛情，那有過夢的水鄉便成了「傷心千里江南」。在經過筋疲力盡的拯救之後，霍青桐雖然聽見一個聲音對自己說：愛情不是你生活的全部，你有你的家園需要維護，你有你的父兄需要照顧。然而，青桐依然想到了逃離，逃離那剪不斷理還亂的情絲。果敢、機靈、大智的青桐這次是真的累了。

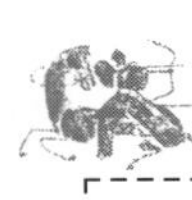

江湖人又一次談及那句名言：「女人，你的名字叫弱者。」無論是美麗與智慧並存的趙敏，還是靈動而乖巧的郭襄，到胸襟廣闊又多情多義的霍青桐，她們都難脫其間。「弱者」就像用花編成的皇冠永遠地留在了女人的頭上。見過了太多因愛情造成的悲歡離合，莎翁用一句話道出了愛情中女人們的全部思想。如果僅僅從愛情這個角度去考察女人，那麼女人的名字就叫弱者，或者她們都願意戴上這個美麗的花冠。「一個女人最大的悲哀莫過於被別人像男人那樣讚歎、欽佩和欣賞。」《大明宮詞》中的武則天悠悠地對太平公主說道。一個擁有了無上權力的女人尚希望有人注意、誇讚她的女性之美，況常女乎？畢竟陰柔是女人的天性所在。因愛情碎了而散亂的霍青桐最終會因愛情而綻放為嬌豔的鮮花嗎？沒有人能知道。滂沱大雨中，分不清哪是雨，哪是淚，哪是心的哭泣，哪是可以看清楚的未來……霍青桐茫然而無助，她知道了自己也是「弱者」。

殘雲過盡，暮色中，霍青桐還是想找到一個答案——愛情在女人的生命中佔了多大的比重。不過身陷其中的她又怎能穿過自己迷糊的心房去看愛情！有一天，一行字跳入了她的眼簾：「生命的最高目的，男人為名，女人為愛情。」霍青桐終於釋然了，對自己的逃離再不用內疚、羞愧、汗顏了。把愛情作為生命最高目的的女人為愛情憔悴、感懷當是為把心「留住，直到老，不教歸去」。也許，每個人心中對於愛情都會有一份曾經的秘密。不論是給予還是征服，不論是悲涼還是淒婉，不論是年長還是年少，不論是男是女，那份愛的記憶會在心中一直傳唱，經久不息。愛給人們的感覺一如常念叨的一句詞：此情無計可消除，才下眉頭，卻上心頭。

其實，除了讓人魂飛魄散的愛情，一個人的心裡總是會承受各式各樣的壓力，當自己所能承受壓力到了限度就應該學會逃離。有人說，適時的逃離既是為自己減壓也在為別人減壓。躲進山林、海灘、高山、小屋，看樹、聽海、登高、靜思，一時的遁世是為心找一個靜息的空間，等待心的風流雲散、清靜高遠。

寂寞朝朝暮暮間，霍青桐可會永遠地守住那份寂寞？情和愛去後，翠羽黃衫可還會為愛情而變回花一樣的女子？

李沅芷

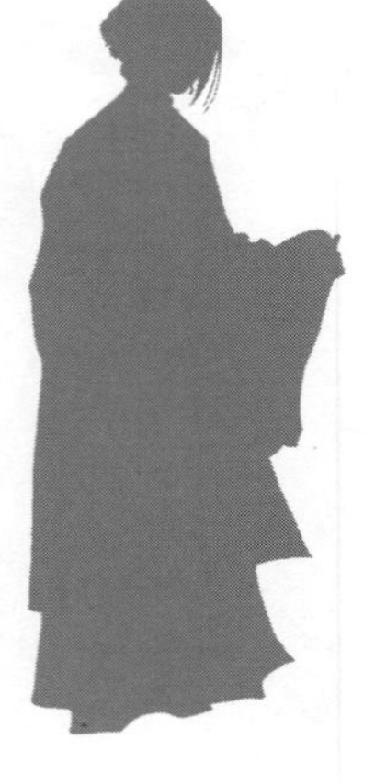

李沅芷

清總兵李可秀的獨生女，拜朝廷要犯陸菲青為師。回京途中遇余魚同便一再屈尊示愛，但屢屢被拒。後在阿凡提幫助下，贏得愛人心思回歸。

李沅芷

曾經滄海的愛情讓一個女孩的心終於有了歸宿。當余魚同真真切切地站在那裡時，塵埃落定的心事讓李沅芷舒了口氣：最後，我還是贏得了你。塞萬提斯說得沒錯：「戀愛和戰爭是一樣的，因為兩者的戰略和政策同樣是針對對方的。」如果沒有阿凡提，李沅芷想也許在這場戰爭中輸掉的就是自己了。一陣微風襲來，不知怎的，李沅芷打了個寒戰。「你呵，你有了愛情，而你又為它的寒冷哭泣。」但是很快地，李沅芷從陰影中走了出來，她相信，愛，很簡單，只要自己用的是真心；她相信，經歷過痛苦的愛情是成熟的。

晚雲收，淡天一片琉璃。李沅芷堅定地攜著余魚同走進了未來共同的但未可知的生活。江湖人懷著幾絲擔心，他們懷疑雖是結了連理枝的余魚同能把自己的心送幾許給沅芷。江湖人還想弄明白，李沅芷為何要陷入這樣一場苦戀，難道僅僅是為

了可憐的一點自尊才要爭個高低？其實人們都知道是不能以常理去理解愛情中女人的心思的，於是他們把李沅芷的行為歸為了一種精神。人總是需要一點精神的，而愛情是從情感上美化人的精神世界，它給人帶來歡樂和希望、痛苦和享受。難怪當後來有人向李沅芷尋求關於愛的答案時，她回答說：「在一往情深的日子裡，誰能說得清，什麼是甜，什麼是苦，只知道，確定了就義無反顧。」江湖人明白了，愛的時候就愛得傻點，等什麼都想清楚了，想明白了，愛也許已經走了很遠很遠了。就像李沅芷對余魚同，最開初，人們一定會懷疑余魚同對李沅芷的愛情，但是面對那麼一顆摯熱而誠實的心，余魚同心中的堅冰一定會融化而為李沅芷燒出另一個愛的春天來。事實上，到最後李沅芷才從余魚同的眼神裡發現了她所期待的熱情，她知道了那是一雙愛的眼睛。

唉，一杯未盡，離懷多少。說到愛，人們都是多情多感的。人一生好像就是為了找尋愛的過程。有人說，每個人一生都要找到四個人。第一個是自己，第二個是自己最愛的人，第三個是最愛自己的人，第四個是共度一生的人。「與之相愛的是一些人，而與之結婚的又是另外一些人。」當江湖中人悵然若失地默念著亦舒送給紅塵中男女這句愛的名言時，想到了愛有時候真的很無奈，無奈著卻又憧憬著希望著。似乎人們都知道，人一生最不能缺的就是愛了。從此以後，江湖人像李沅芷一般，在奉獻愛中爭取愛，在茫茫人海中去找尋著愛。有緣的牽了手，無緣的讓它們在自己的記憶裡留存一份曾經有過的美麗邂逅。

當思念親人的傷感襲來時，李沅芷看了看身邊的愛，還有一份心情可以寄託。浪起來了，聽著濤聲，想著愛情，江湖人陷入了沉思。

張召重

清朝官員。自幼投武當派學藝，外號「火手判官」。為人奸詐，反覆無常。

張召重

據說人都是要懺悔的，要麼在臨終之前，要麼在良知、靈魂已不堪重負之時。張召重在被群狼即將吞噬之際可想到過要懺悔？很多江湖人說是不會有的，對於張召重，那個時候有的大抵應該是遺憾和死不瞑目。與張召重生命緊緊相連的，不是親情、友情和坦誠，他計較和看重的是仕途坦蕩、加官晉爵。

仕途漫漫其修遠兮，吾將上下而求索。為了不斷更換頂戴花翎，張召重可以恩將仇報，可以不擇手段，也可以狼心狗肺。罵名算什麼，成功男人必是要背負很多罵名的。至於忠誠，張召重說，那也是個相對值，對給自己帶來最大利益的人死心塌地，永不言叛難道不算忠誠？張召重信奉著「成大事者不拘小節」的理念，追蹤著紅花會，他以為前面是美好的前程，不曾想到前面還有自己的墳墓。

張召重是必須死的，這樣才符合大多數人的道德審美標準。就像我們看過舉不

勝舉的大劇小片，唯有等到劇中最壞的人死了或受到懲罰，觀眾才會吐著一口長氣說：「報應啊，報應。」然後就覺得心安了，坦然了，踏實了。

關於報應，哲學家周國平論述到：「善有善報，惡有惡報。作為一個樸素的願望，它存在於一切善良的人們心中。當我們無力懲惡時，我們只好指望老天顯示正義。我們還試圖以此警告惡人……可惜的是，在現實生活中，我們仍然常常看見惡人走運，好人反而遭災。」人們知道這就是現實不同於舞臺、戲書的殘酷之處。儘管如此，在看不到身邊的惡人得到應有的懲罰時，向善的人依舊要從文學作品中去尋求心靈的平衡點，他們依然相信報應是存在的，或許今生、或許來世。「不是不報，時候未到。」

送張召重踏上不歸路的是欲望。欲望，塵世中的人都是有的吧。大欲望，小欲望，理智的欲望，平民的欲望，野心家的欲望……欲望從乾癟到充盈到膨脹，其中程度的把握隱含著很大的學問。以充盈作為欲望飽和度的界限，每減之一分，人就多一些懶惰，沉底了，料想整個人也就沒有絲毫的進取之心。這般，對於人生來說也無可取之處，但若一分一分不斷增至為了滿足欲望不惜所有，這般，到了膨脹的極限便是爆裂與毀滅了。當我們想要把欲望理解為過好日子的基礎時，就要去學會

控制。設或，在心中，我們把欲望想像成和尚的木魚，隨時敲打。敲打的目的在於警示，警示無外乎兩個目的：一是欲望可能讓你更好更成功；二是欲望也可能讓你萬劫不復無法超生。

神鵰俠侶

神鵰俠侶

據統計，《神鵰俠侶》是金庸作品中被改編成影視劇次數最多的，它通篇的主題便是一個「情」字。所謂「問世間情為何物」，因此，楊過、小龍女十六年後終成眷屬；因此，李莫愁壞得如此淒涼；因此，絕情谷中的情花可以致人於死地；也因此，「黯然銷魂掌」是威力莫測的絕世武功。它所表現的愛情，充滿了激情和理想主義氣息。楊過與小龍女，一個任性而為，一個任情而為，他們超脫世俗的感情簡直是一種極致。《神鵰》中的各種不同性格的人和他們所遇到的不同的愛情，不論結局如何，金庸都不惜筆墨，細細描繪，這在他的其他小說中是不多見的，難怪倪匡稱其為「情書」。

楊過

楊過

楊康遺腹子，從小與母親穆念慈相依為命。其母過世後流落街頭淪為乞丐。偶與歐陽鋒相遇拜為義父，後被郭靖、黃蓉夫婦收養，被送往全真教習武，但不堪欺辱逃離被古墓派收留，尊小龍女為「姑姑」並隨之修習古墓派武功。長大後與小龍女情定終生。在小龍女跳崖、被郭芙砍去一條手臂後失意之極，幸遇神鵰，習得上乘武功，獨創「黯然銷魂掌」，行俠仗義，江湖送之「神鵰大俠」尊號。一生雖坎坷不平，但終是與小龍女重新相見歸隱江湖。

原來哭也是會遺傳的。與她母親單為一個「愛」字流淚不同，楊過之哭，為親情、為愛情，更為性情。

無數次，我們曾見過楊過的眼淚。有了父愛，被人關愛，莫名被欺，遭人猜忌……眼淚和著心事湧了出來，化作一個男兒的喜、怒、哀、樂，七情六欲。有時會哼著「男人，哭吧哭吧不是罪」的曲子想，一個男人可以肆無忌憚地任自己眼淚橫流該算是怎麼樣的一個男人？是否應該給他貼上懦弱的標籤、給他加上幼稚的評語？王躍文曾在一篇叫《哭泣》的文章裡說：「從什麼時候開始，人們竟需要為自己的真誠和善良感到羞愧？從什麼時候開始，人們竟需要掩飾自己純真的靈性？是否會有一天，人類不再會哭泣了呢？」真的，不知從什麼時候開始，成年人羞於在有人的時候哭泣。女人給自己眼淚的注解大都是：眼睛裡不小心落進了灰塵；男人們面對落淚的事情，大都抬眼望天，把滿眼的淚硬生生地憋回心裡。唉，長歎息以掩涕兮，不為屈原，為我們可能正在失去的第四大本能——「哭泣」。因此，羨慕極了，作詞寫賦的古人，他們可以率意地哭，為一朵花、一棵樹、一片葉。「淚眼問花花不語」，歐陽修哭了；「漸嗚咽、畫角數聲殘」，柳永哭了；「相顧無言，唯有淚千行」，蘇軾哭了……江湖人吟誦著千古佳句，江湖人記住哭泣時的美麗，江湖人卻忘卻了原來自己也可以舒心一哭，如辛棄疾，如李清照，如尚不知人情世故的孩童。所以，有人說，讓眼淚盡情地流淌吧，因為企圖操控生命的天賦，而且還指定發生的時間及方式幾乎是不可能的。像楊過一般，喜而泣，悲而哭，怨而淚，全發乎內心，聽任自己情感的傾訴，豈不快哉。想想吧，什麼時候我們能在大庭廣眾之下，不讓自己的眼淚迴避驚詫的目光，不讓自己的哭泣躲在寂寂的心房，讓哭也來一次酣暢淋漓、無拘無束。戴安娜王妃曾說過一句話：「哭吧，哭完了再說。」

「人品之高下，以其哭泣之多寡為衡。」因楊過好哭，江湖人便以老殘先生的這句話來衡量楊過的人品。喜歡他的人說：「楊過是一位有著太多缺點的俠者，嫉惡如仇、拔刀相助、用情專一，因為這些人格魅力才有那麼多的女孩子喜歡他。」而不喜歡他的人則說：「人們只是斷章取義地來理解老殘先生的這句話，不能因為喜歡哭就說一個人的品格高尚。」果真如此，那「鱷魚的眼淚」算什麼？看看楊過走過的路，偷雞摸狗，謊言連篇，不講道理，不明正邪，反覆無常，不管怎麼看，有小龍女相伴時的楊過實在算不上人品高尚的「人之俠者」。如果讓我投票，我願意投入前者的票箱。當人們明白「人性惡」不一定只屬於別人的道理後，就會明白每一個人在經營人生的時候可能都會被人性中的「惡」所困擾。嫉妒、庸俗、自私、虛偽、多疑、斤斤計較，這些人性中固有的東西時時會糾纏著人的心靈，就像練武之人常說的「走火入魔」一樣，一不小心人便會走入「惡」的誤區。所以，人們應當常常聽那些把人性中的「惡」控制得極好的智者的聲音，讓無法預測的人生在一個正常的、有序的軌道上運行。

楊過之「過」，乃過錯、過失，知錯能改，善莫大焉的意思。十六年後，楊過成為了名副其實的俠者。數百年後，人們說起有著太多缺點的楊過依然會憶起他所擁有的無窮魅力。

悠悠思緒，夢千千。夢裡，一行淚滑過臉龐，彷佛又見楊過的閃閃淚光。笑問：「哭否？」答曰：「然。」我哭故我在。

小龍女

小龍女

古墓派傳人。在遇楊過之前，心無塵世於古墓中專心修練「玉女心經」。後被全真教尹志平奪去貞操，在欲嫁絕情谷谷主公孫止時，恰遇尋她至此的楊過，兩人盡釋誤會並同中情花巨毒，騙楊過服用解藥後跳入絕情谷底，但大難不死，十六年後終得與楊過重新攜手。

小龍女

塵世中的女子嚮往天宮美好，嫦娥於是飛進了月亮，一去卻是千年的寂寞。天庭中的仙女羡慕紅塵的喧囂，於是七仙女來到人間，凡人總愛忘卻高處不勝寒。小龍女呢？在塵，卻寂寞如天，在天，又紛擾不斷。直到有一天，從古墓中來到了陽光下，非人非仙的小龍女才蟬變成了有著喜怒哀樂的嬌俏女子。

修練「玉女心經」一直到十六歲的小龍女在古墓中心如止水，獨守著以為與生俱來的孤寂，摒棄著凡人的一切情感，師徒之情、主僕之情、同門之情、欲望之念、情愛之歡……從創教師祖到小龍女，除了一個逆徒李莫愁，古墓派的女人們堅守著內心的平靜、平淡、平常。然而，生活中總是有事要發生的。罪惡萌生的夜晚也讓被控制的心徹底復活。守望著古墓派的全真教在目睹了小龍女徹底的顛覆後，驚問：「女子果真善變?!」沉寂下來，細想，猛然醒悟，小龍女之變合乎一個道理：「境由心造。」小龍女把佛家中的這條偈語詮釋得完美之極。

有一則民間傳說：蘇東坡與一和尚對坐半晌。和尚問蘇東坡，施主看見什麼？東坡說，我看見一堆糞。蘇東坡問和尚，和尚看見什麼？和尚說，老僧看見一尊佛。「境由心造」在佛家的釋義為：乃個人所遭遇的一切善惡情景都是自己內心所造。

在楊過沒有進入古墓之前，小龍女的世界因為訓誡被控制成灰色一片，小龍女和她的古墓躲避著鮮亮色彩的描繪，但是正如海明威所說：「沒有一個人能像一個小島一樣獨自生存；每個人都是大陸的一部分，是陸地的一部分。」古墓派同樣是江湖的一部分，小龍女同樣是塵世中紅男綠女的一部分，所以，楊過闖進了她固守著的孤寂的天堂，所以，灰色的世界總要有七彩的陽光。恍然間，空泛著冷漠光彩的雙眼靈動起來；恍然間，幽閉的心跳躍起來。朝朝暮暮幾年，才知道被人愛憐的滋味妙過了無喜無歡的境界。小龍女發現，生活因愛而幸福，活著因愛而珍貴。

有心人開始慢慢品味著「境由心造」的意境。真的，心變了，周遭的一切都會隨之而變。以前愛的可能不喜歡了，以前恨的也許覺得不那麼討厭了。所謂「苦樂由心感受」是也。好比賞月，不同人的心中有著不同的月亮，其實月是一樣的月，只是人的心境不同罷了。蘇軾心中的月悲切過、淒涼過、也爽朗過。好比天氣，出門遇上晴天，心想：啊！這是一個多麼美好的天氣呀。即使是夏日，也不會因為身在太陽下暴曬而心生怨；如果雨天，便道：小雨來的正是時候，說不定會有一段浪漫的邂逅。於是打著雨傘品味著雨絲的曼妙輕柔；或迎著暴雨，來一句「暴風雨呀，你來得更猛烈些吧」，如高爾基筆下的海燕去接受大自然的洗禮；好比蘇軾看見一堆糞、和尚看見一尊佛。

小龍女的故事提醒了江湖人，有一句話一時間廣為流傳：看好自己的心。所謂幸福、快樂、開心等等塵世中的紛紛擾擾全由自己的心來管護。

在絕情谷底生活了十六年的小龍女，又回到了古墓時候的孑然，心境卻是完全的不同了，那個把愛植入她心底的男子讓十六年的歲月充滿企盼，充滿嚮往。不然，周伯通怎能養出「我在絕情谷底」的玉蜂來；不然，已經習慣了古墓生活的她終其老矣在谷底又有何妨？

網路飛刀

李莫愁

小龍女師姐，人稱「赤練仙子」。在被陸展元拋棄後，視世人皆為負心之人，性情變得冷酷無情，殺人如麻。常吟頌「問世間，情為何物？直叫人生死相許」，後在絕情谷中情花之毒後被大火燒為灰燼。

李莫愁

只因一段未了情，李莫愁的世界就轟然坍塌。那顆少女之心在為陸展元綻放一次後，便讓給了魔鬼，而且是最厲害的魔鬼——心魔。

讓我們來聽個故事。從前有位叫明慧的和尚在深山一座寺廟中潛心修行。他每次打坐入定時都會遇到一隻大蜘蛛張牙舞爪地來跟他搗蛋，使他無法靜下心來修行。明慧十分苦惱，於是去向祖師求教：「我一入定，大蜘蛛就出現了，無論我怎麼趕它，它也不走，請祖師指點弟子迷津。」祖師讓他下次入定時，拿一枝筆，等蜘蛛出現時在它肚子上畫個圈，看看它是何方怪物。明慧照辦，畫完圈後，蜘蛛就走了，他也安然入定。待他出定一看，赫然發現圈畫在自己肚子上。故事想告訴世人什麼，當是仁者見仁智者見智，經歷不同，感悟不同，理解自然也不同。故事中明慧和尚的領悟是人生中往往會遭遇到的很多困擾與煩惱，而其中最大的困擾往往

來自於自己。其實，李莫愁又何嘗不知自己滿腔的愛化為滿腔的恨且殃及池魚，是源自內心的困擾，應了魔由心生的偈語。然而，在熾烈的愛得不到溫暖的回報時，李莫愁憤怒到不願意控制自己的內心，越走越遠，遠到執迷不悟。有人說：「一個執迷不悟的人是一個不會改變主意也不願意改變主意的人。」不知是這話不全對還是李莫愁沒有到達執迷不悟的臨界點或是她心中的恨卻也是愛，半塊定情物讓李莫愁放過了陸無雙，襁褓中的嬰兒讓「女魔頭」柔情款款。所以，每次看到李莫愁朱唇淺起：「問世間，情為何物?直叫人生死相許」，彷彿都聽到一聲歎息痛到心底。

「問世間，情為何物？」塵世中來來往往的人問著、尋著、歎著，前仆後繼，永無止境。面對李莫愁般的情殤，江湖人難道就沒有解決的辦法。作家林清玄給一位失戀的男孩子講了一則寓言：從前有一個人，用水缸養了一條最名貴的金魚。有一天魚缸打破了，這個人有兩個選擇：一個是站在水缸前詛咒、怨恨，眼看著金魚失水而死；一個是趕快拿一個新的水缸來救金魚。兩個答案，問，你怎麼選擇？男孩子說：「當然是趕快拿水救金魚。」「這就對了，應該快點拿水來救你的金魚，給它一點滋潤，救活它。然後把已經打破的水缸丟棄。一個人如果能把詛咒、怨恨都放下，才會懂得真正的愛。」他還說，曾經的心痛會永遠地留在心裡，心痛也很好，證明養在心裡的金魚，依然活著。只可惜李莫愁早生了幾百年，不然聽了那寓言也許會得到一些啟迪，尋找除陸展元之外的快樂，那些快樂，雖然有所欠缺，但還是一種自己從不認識的快樂。

休休，千萬遍陽關，也則留難。李莫愁為情而困死於情花之毒。那首纏繞她一生的《邁陂塘》在烈火中吟唱，可是化去了怨恨的真情呼喚。

郭芙

郭芙

郭靖、黃蓉夫婦之長女，從小養尊處優，刁蠻任性，武功平平。用淑女劍斬下楊過一條手臂，用毒針傷了小龍女。後嫁與耶律齊為妻，如願當上了丐幫幫主夫人。

郭芙

貌美女子初見總能讓人驚詫於她們的美。逐漸的，江湖人發現，有種美只可遠觀，不敢近交；有種美，超過了外形之美。有人說，那是一種被稱為「人格魅力」的東西，隨著時間的推移其美越發地連綿不絕、攝人心魄。

郭芙秉承了其母的基因，出落得亭亭玉立，一見著實招人憐愛。但與之接觸過的江湖人皆稱，郭芙之美僅僅屬於「觀賞」類的，實難細細品味。問其詳，答曰：「郭大小姐容貌之美已經被『頤指氣使』所遮掩了。」還有人說，在其父輩耀眼的光環下，郭芙迷失掉了自己。一語既出驚四座。暗地裡靜思默想，卻也不錯。從小，郭芙便生活在當時江湖中最具名望的人身邊，對於現實生活中超出她能力之外的事物，只需亮出一張或郭靖、或黃蓉、或黃藥師的招牌，遇到的問題、麻煩都避開了。於是郭芙養成了不去了解事情來龍去脈的習慣，事情只要適合了她的目的或者

滿足了她的想法，至於真相是什麼，她從不費心去思量。所以什麼信仰啊、價值觀哪、行為準則呀等等，在郭芙的腦海中都是模糊一片。江湖人說其刁蠻也好、任性也罷，江湖就是郭家、黃家的江湖，自己可以享受這樣的特權。於是乎，從少女時代到嫁作他人婦，郭芙依然魯莽地做她認為該做的一切。所以江湖人說，郭芙之美易讓人生厭。所以馬雅可夫斯基說：「一個人的美不在外表，而在才華、氣質和品格。」

一個人的品格形成，基本上都是有賴於耳目的協助。所以，人所感受到的自然界的鳥唱蟲鳴、溪水潺潺、呼嘯的風聲、芬芳的花草，以及天地間無數的美景都會陶冶與培養人善良、高貴、高尚的品格。如果一個人不能用自己的耳目，去接觸自然界的美麗，去啟發愛美的天性，他的生命將變得枯燥無味，而他本人也會因此變得粗暴和缺乏吸引力。

事實上無論是郭靖還是黃蓉，除了武功，令江湖人折服的還包括其品質、品格。而郭芙只是聽說了那些東西，並沒有自己切身地去體會。「記在紙上的思想就如同某人留在沙上的腳印，我們也許能看到他走過的路徑，但若想知道他在路上看見了什麼東西，就必須用我們自己的眼睛。」郭芙一路跟隨著父母卻只是走馬觀

花，看了風景卻不停步去欣賞，生就一雙妙目卻難有慧眼。

多少年過去了，郭芙突然發現，心中一直厭惡之人恰是最愛的，不知心痛之餘可會歎道：「借我一雙慧眼吧，讓我把這紛擾看個清清楚楚、明明白白、真真切切。」不知擁有了慧眼後的郭芙，可會去發現並熱愛美；不知美著的郭芙懂得熱愛美後可會讓江湖人說：此女之美我將終身難忘……

郭襄

郭靖、黃蓉夫婦之次女。聰明伶俐、心智過人，綽號「小東邪」。風陵渡遇大哥哥楊過後情陷一生，終在峨嵋出家，成為峨嵋派的開山祖師。

郭襄

有種愛，緣於愛慕。這樣的愛與嚮往、沉迷、浪漫似乎都有一點關係。有人說，那愛，或許能上演一齣浪漫愛情，或許能成就一段美好姻緣，而更多的或許只能是鏡花水月，如同那句詞：「知否，知否，應是綠肥紅瘦」。

那麼郭襄呢，郭襄對楊過的愛，源起於一場夜談。風陵渡口，二八佳人的郭襄聽著江湖人齊聲讚頌神鵰大俠，心想：他到底是怎樣一個奇人？於是，小姑娘隨手拔下金釵，沽酒請客，以饕己耳己心（不知赫赫有名的紀昀花錢買故事可是得到了郭襄的真傳？）。杯中酒盡、心中情生，寒風凜冽的夜晚，襄兒的臉頰滾燙起來。就在那個夜晚，襄兒的心像那晚的一朵雪花，飄向楊過，然而，有著另一場愛戀的大哥哥，讓一個女孩的心從此孤獨地徘徊在濃濃的相思之中。

有人說，天下不吃飯的女人倒有幾個，可不吃醋的女人是絕對沒有的。江湖人

說，此話真是大謬，難道郭襄的故事還不足以證明，愛一個人可以徹底到把愛情本有的嫉妒都化為烏有。其實那話本並沒有多大錯，「本來愛情就是因為顛倒了理性的一切規則才得以生存，它通常給人帶來許多不合邏輯的意外」，比如嫉妒，比如懷疑，比如輕信等非理性本質。曾有人這樣形容嫉妒：所謂嫉妒，就是當一個人擔心愛情得不到報答的時候所產生的情緒，這種情緒就叫嫉妒。在高尚情操下產生的嫉妒是愛情的一個組成部分。所以不能說郭襄對於小龍女沒有一點點的嫉妒之心，只是胸襟開闊的「小東邪」之嫉妒非某些人身上自私的被稱作醋意的嫉妒。

直到郭襄創立了峨嵋派，江湖人都還在想她的這種愛究竟深沉到什麼程度。直到有一天，他們看見了這樣一段話方才釋然：「愛一個人意味著什麼呢？意味著為他的幸福而高興，為他能夠更幸福而去做需要做的一切，並從這當中得到快樂。」斷腸崖，郭襄用自己的性命去救愛人；陸家莊，上蒼聽見了替他人真心地祈禱；這些曾令江湖人想得頭痛的問題終於有了答案。多少年後，人們依然還經常說起這樣一個女子——有點淒婉，有點豪邁，有點清空。

「風住塵香花已盡，物是人非事未休。」沒有得到愛情的郭襄，用那份愛喚醒了內心沉睡的力量和才能，獨創了一門派別，讓江湖人對女性的才能有了更多的認

識和了解。

然而，峨嵋金頂之上，月光的清冷和陣陣的涼意，總讓人聯想到寂寞，聯想到郭襄。心中的一個心結難以解開，為曾看見的一段文字：「一個人的生活可以很快樂，可是，只有一個人，便不可能幸福。」那麼一個人的郭襄就真的不可能感知幸福嗎？不知為什麼，彷彿聽到了眼淚的聲音。

裘千尺

鐵掌幫幫主裘千仞之妹。嫁與絕情谷主公孫止為妻，脾氣怪異，後被丈夫設計推下鱷魚潭，四肢盡廢。在潭下獨活十餘年，練就「吐核」絕技，最終與公孫止同歸於盡。

裘千尺

裘千尺再見公孫止時，兩無言，相對滄浪水，懷此恨。一個是怨恨，另一個也是怨恨。一個心想，看你不死，另一個心想，你居然不死。沒有人相信他們是夫妻，偏偏他們是，而且人生最後的句號還畫在了多少淒美愛情故事男女主角發出的「死亦同穴」的誓言上，是造化弄人還是他們曾經相愛過？

可能是愛了卻相忘了，也或是本就無所謂愛，只是為了一種必須的生活方式，像裘千尺。也許在裘千尺內心，她並不堅信愛情是她生活中最需要的東西，相反，她覺得她應該宣戰，向那個屬於男性的世界宣戰，她想她至少是有資格向丈夫公孫止宣戰的。家庭地位、武功、財富讓裘千尺輝煌過了很長一段時間。對所有的人發號施令，嚴禁所有的人背叛，一時間絕情谷裡似乎一切都變了顏色藏了芬芳。絕情谷是不可以有歡笑、快樂、愉悅的情感存在，成了絕情谷主人的裘千尺讓整個谷的上空漂浮著陰霾。最可惜，精心謀劃，終付於一江春水。谷裡還是發生了與情感有著聯繫的偷情。裘千尺要報復了。一株絕情草，一枚絕情丹，兩個中毒人，就這樣，一個不幸的女人死在了一對失去寬容、仁愛、憐憫之心的夫妻手上。裘千尺想，我失去了尊嚴、威嚴與丈夫，懲罰是必須的。

一個無辜而逝的生命給予裘千尺唯一的心得是「居然失去了控制」。她忘了沒有人可以控制一切，她忘了丈夫的背叛緣於自己的推波助瀾，她還忘了錯並不一定只在別人，只可惜並不是所有的人都可以從事故中吸取教訓的。裘千尺並不想著去摒除自己身上的缺點而只想著他人的錯，甚至從鱷魚潭逃生歸來，錯的都是別人，怨恨之氣尤增。終是同歸於盡了，兩個人共同毀掉了一個家庭，一對夫婦共同毀掉了自己的女兒。在為一個年輕生命的歎息聲中，有人說希望在另一個世界裡，裘千尺有時間和寧靜的心去明白這樣一個道理：「夫妻之爭沒有勝者，有的只能是兩敗俱傷。」

聞其言，心有戚戚焉。裘千尺是不懂得經營生活的。即使你有高出對方百倍的智慧、千倍的錢物、萬倍的武功，決定了委身下嫁就應當去了解對方的精神世界，他的興趣、他的喜怒哀樂，這樣存在的鴻溝才會消失。裘千尺想到的只是凌駕與控

制。

去一家寺廟時曾經聽到法師說過一句這樣的話：「夫妻是緣。」善緣、惡緣。至今仍無法參透。想到裘千尺時似乎明白了一點點，善緣惡緣，拉一拉近了，推一推遠了。

夫妻是什麼?美滿婚姻中的丈夫或妻子可能會說：不可言傳；也可能會說：無法表述。我相信那不是搪塞或托詞，真實都顯於簡單。

如果可以重新活著，但願裘千尺與公孫止是懷此愛，兩無言，未語淚先流。

侠客行

俠客行

「我是誰」——當一個毫無知識、不通人情世故的人，突然之間要接受他以前生命中所從未有過的事物，從而來思考這個問題，可真是大傷腦筋。當故事裡的男主人翁還是「狗雜種」之時，「我是誰」是他從來不曾想過的。但當他忽然進入江湖後，一連串的際遇卻讓他不得不思考這個問題，並且越追究越糊塗。知識和身世，對於石破天是張白紙，即便是成為了絕世高手，也無法填補這個空白。《俠客行》可以看作是金庸版《我是誰》，裡面雖然沒有中情局，可是有俠客島，島上的特派員張三李四對江湖之事無所不知，兩相比較，也差不多了。

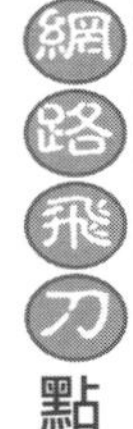

石中堅

石中堅

石清、閔柔夫婦的兒子，襁褓中即被梅芳姑擄走，在鄉野山村長大。一次偶然得江湖人皆爭奪的「玄鐵令」便陷入無數紛爭當中。巧得武林絕學「羅漢伏魔神功」被誤認為長樂幫幫主，並答應赴俠客島「臘八粥」之約，不料卻破譯了島中所記絕學武功，成為一流高手。

本來他會純粹到除了歲月染的顏色依然還是一張白紙。彷彿是為了考驗一般，上蒼決定在白紙上用黑的墨、紅的血寫下塵世的故事。故事裡充滿了人情世故、爾虞我詐、唯利是圖、名利、欲望……老天說，誰也別想赤條條來去。

就這樣，狗雜種得到了玄鐵令。老天爺拉開序幕後成了觀眾。

無意而得的玄鐵令讓狗雜種單純的生活開始變得複雜起來。從姓名開始，石破天、史億刀、天哥、大粽子、石中玉，江湖人需要狗雜種成為什麼的時候，他便有了不同的身分。江湖中人用名、利、色、欲裝點著狗雜種原本質樸、簡單的生活。老天爺說這正是我想看到的：一個所謂純真到骨子裡的人有多大的力量去抵禦外界的干擾，去捍衛和保存內心的質樸與美好？

羌管悠悠霜滿地。從謝煙客到長樂幫，伴著羌笛的哀怨低吟，江湖人再一次目

睹了人性的陰暗與狡黠。他們原以為一次次的欺騙、一次次的謊言一定會讓狗雜種變得聰明一點、利己一點。然而，他卻像不諳世事的孩童，看不到世間的陰謀、欺詐、私欲、貪念。他一心一意地做著別人要他做的一切，不管那一切可能會傷了他的情，要了他的命。也許在狗雜種的心中只一個理念：既然應允了就理當義無反顧；既然心甘情願了就不奢求回報。從小，在他的心裡就記著母親說的：「你這一生一世，可別去求人家什麼。人家心中想給你，你不用求，人家自然會給你；人家不肯的，你便苦苦哀求也是無用，反而惹得人家討厭。」騙他的、利用他的、愛他的都覺得他像傻子一樣，甚至到了沒有尊嚴可談的地步，而狗雜種依舊用他的做人準則來和繁雜的江湖對話。沒有人相信這樣的一個人會有所作為，直到他癡癡地把自己送上為之色變的俠客島，江湖人還在笑他的呆傻。真的是費盡心機卻不得，無心插柳柳成蔭。在俠客島狗雜種破譯了武功秘笈成了武林第一高手。此時，江湖人想到的只是羨慕，武功一定會為卑賤的狗雜種贏得尊嚴與輝煌未來。然而，什麼是尊嚴呢？有人說：「也許人類最真實的尊嚴就是能夠輕視自我。」那麼從得到玄鐵令開始就一直自我輕視著的狗雜種是否已經得到了足夠的尊嚴？

輕浮的江湖人沒有足夠的時間去思考尊嚴的問題了，因為他們更多地想到了命

運。就像常說的一句俗語「三十年河東，三十年河西。」他們看到狗雜種的命運在俠客島獲得了轉機。於是他們認為，只要學會等待，一定會等到命運改變的那一刻。的確，在人的一生中，往往有若干、甚至許多轉捩點。清醒且懂得把握的人都知道，所謂轉捩點即意味著機會。現在很多人經常念叨一句話：「上帝對每個人都是公平的。」也許只有真正從心底裡認同這個觀點的人才會明白命運是什麼。「對於命運的變化無常，我們感歎得太多了。發不了財的，升不了官的，都要埋怨命運不好。然而，仔細想想吧！過去還是在你自己。」誠如斯言，想明白了，就可以少一點怨天尤人，少一點憤憤不平，少一點落花有意流水無情的哀歎。「過去還是在你自己」，機會來的時候上帝眷顧的時候我們錯過放棄後還要去抱怨，就真的會陷入命運的深淵不得超生解脫了。

作壁上觀的老天爺是有些失望了，在經歷了人性中太多骯髒後，狗雜種依然保持著淳樸的心靈。然而更多的卻是，老天爺感覺到一種無法言喻的快樂：人類的精神世界竟然還可以如此之美。

梅芳姑

丁不四、梅文馨之女。天生麗質、武藝高強、能詞會賦且精於女紅。單相思於石中堅之父石清卻不得，便自毀容顏，擄走石清夫婦兒子居於荒野，萬念俱灰後自殺別世。

梅芳姑

當心痛無法治癒時，梅芳姑決定報復。讓恩恩愛愛的石清、閔柔夫婦也嘗嘗失去心中最珍愛之物的滋味。輸掉愛情的梅芳姑在復仇之戰中成了贏家。要不是她手臂上那粒依然鮮紅的朱砂記，差一點就讓閔柔以為自己的丈夫有了外遇。

梅芳姑為愛情作別了紅塵，她的心事也許只有刺進她心臟的那柄利劍才有機會去傾聽了，人們看到的事實是，她持續幾十年的愛戀完全是無法得到任何回報的，她談的是一場徹頭徹尾的單相思的戀愛。這場單戀彷彿從內部燒盡了梅芳姑全部的情感：自毀容顏、擄走戀人愛子，在荒野中繼續著自己的苦戀，以至於讓人迷惑，到底是愛情遺忘了梅芳姑還是梅芳姑自己遺忘了自己？多少年後，再一次見到石清時，梅芳姑心中所思的幾個問題是一定要有個答案的。

「當年我的容貌，和閔柔到底誰美？」

「當年我的武功和閔柔相比，是誰高強？」

「然則文學一途，又是誰高？」

「想來針線之巧，烹飪之精，我是不及這位閔家妹子了？」

答案雖則有了，卻是梅芳姑無法接受的。石清的回答粉碎了支撐梅芳姑活下去的理由：「你樣樣都比我閔師妹強，不但比她強，也比我強。我和你在一起，自慚形穢，配不上你的。」

愛情是什麼？「愛情只有當它是自由自在時，才會葉茂花繁。」姑妄猜之，如果梅芳姑當年多一些技巧，少一些咄咄逼人，說不定她的愛情就不會是單相思而能得到甜蜜的回應。愛情容不得壓迫，容不得頤指氣使。

其實梅芳姑是懂的，她知道凡事不可強求，就像她給養子定下的一條規矩：不許求人。別人心裡想給的，不求也可以得到；別人不想給的，求也無用。可能知道是一回事，願不願意去做就是另外一回事了。從現代醫學角度來看，梅芳姑的感情是有些病態的了。原本單戀並不是一種病，英國一位叫佛曼斯特的心理學家對「單相思」作過專門的研究，結果是「單相思」實際上比「兩相思」更為常見，幾乎所有的成年人都飽嘗過「單相思」別人或被別人「單相思」的苦澀與尷尬，目前全世界至少有一億多人在「單相思」著。但是當明明知道了自己苦苦糾纏的是根本沒有出路、沒有未來的情感時，就應該理智地走出來，不然單方面的愛情就會生病了。

梅芳姑應該學學少年維特：「我們三個人中總歸有一個應該走開，那就讓我走開吧。」愛情中「多餘的人」應高尚地忍受自己的不幸，無論多麼痛苦，多麼委曲，情知情去後，就悄然地離開吧。

世上不是所有的事都一定有結果的。

謝煙客

摩天居士。武功高強，生性殘忍好殺，為人忽正忽邪。是江湖人士皆欲得之的「玄鐵令」主人。

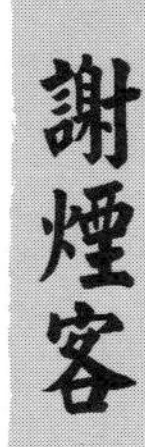

「得黃金百斤，不如得季布一諾」。如果用一個度量來衡定一個諾言有多重，楚國遊俠季布的故事至少可以佐證一點，百斤黃金是抵不上一個諾言的。當初，謝煙客把帶著自己諾言的玄鐵令發出時，可曾想到了諾言的重量，但從「狗雜種」手中收回玄鐵令時，他是一定知道了百斤黃金易求而實踐諾言之重了。難怪古人願得一諾而捨錢財。

對於謝煙客，除了諾言帶來的沉重，更麻煩的是他不知道是什麼樣的諾言在等著他。在他看來，如果僅是殺個把人的要求反倒好辦了，問題是那個得到玄鐵令的小乞丐到底會發出什麼樣的指令呢？倘若小孩要自己幫著尋找娘親或者那隻黃狗，又或讓自己卸下半條臂膀，那卻如何是好！謝煙客開始惶恐。惶恐之餘決定先下手為強，只要哄得小孩子提出一個要求，比如向他討一個饅頭、幾粒甜棗，只要幫他達到了目的就算實踐了諾言，自然也就不會背上背信棄義的罵名了。可是謝煙客想錯了，得玄鐵令的小乞丐有自己的做人準則——絕不求人。計畫落空的摩天居士開始新的籌措，假設發出諾言的主人死了，諾言也一同進了墳墓，如此一來也不會有人指責他不講信義，於是乎，並不知道玄鐵令有何妙用的「狗雜種」差點就命喪在諾言實踐者身上。

「狗雜種」讓謝煙客知道了要做季布一樣的遊俠並非易事。金錢是永遠也無法與諾言劃上等號的，所謂「一諾千金」不過是一個形象的比喻罷了。諾言的基石是忠誠與信任。「諾而寡信，寧無諾。」古代的人是很看重諾言與守諾的。

荊軻刺秦王已被演繹成了太多的故事，田光自刎卻是任何故事都無法篡改的。田光捨其命與其說是解太子丹心中之憂，毋寧說是田光在信守自己的承諾。

伍子胥亡命中，遇一老漁夫相助，渡過江後，伍謂老漁翁曰：「倘追兵來臨，勿泄吾機。」漁翁答：「子猶見疑，請以一死絕君之疑！」遂沉江。伍再逃，遇一浣紗女贈其飯食，伍又囑：「倘遇他人，願夫人勿言。」逢轉瞬，女子已抱石投河。也許，亡命在逃的伍子胥慌亂之中忘記了做人的準則是誠信。漁翁、浣紗女之舉在現在看來，難免不被笑為迂腐。但是如謝煙客那般為了還諾而不計手段恐怕更應該被世人所恥笑、所鄙棄才對。

「如果把整個太平洋的水倒出，也澆不熄我對你的愛情之火。整個太平洋的水全部倒得出嗎？不行。所以我並不愛你。」

如今，有的諾言就像痞子蔡的這段話，前半段看得人熱血沸騰，眼淚盈眶。到末了才發現全身心的熱情得到的是一座冰山。遭遇這樣的諾言，尷尬久了會對人性產生懷疑。

依在下看，寧願被人罵為圓滑也千萬不要輕易許諾。允了他人之諾，給予受諾之人的就是希望。你難道能做到輕易許諾後又親手去毀掉那可能是最後的光亮嗎？

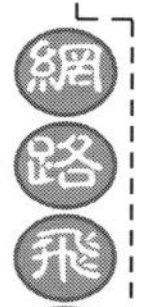

丁璫

丁不三之孫女，青春靚麗，與原長樂幫幫主石中玉交好。誤認石中堅為石中玉後，曾將丁家十八路擒拿手傳授給石中堅。

丁璫

不知為何，一想到丁璫，腦子裡便不由自主地冒出這樣的念頭：「男人不壞，女人不愛。」可是令自己迷惑的是何為好男人，何為壞男人？劃分他們的標準是什麼？迷惑後，丁璫也給了我些啟示——個人對於愛情對象的選擇，無疑是一個心理上的謎。

丁璫喜歡的石中玉是個什麼樣的男子呢？概括起來大約是：好色而多情，嘴甜善於哄人，或許還有一點幽默。丁璫是喜歡這樣的男人的。當把石中堅錯當成石中玉時，丁璫以為那是因為病造成了他性情的大變，但丁璫還是說：「我寧可你像以前那樣的活潑調皮，偷人家老婆也好，調戲人家閨女也好，便不愛你這般規規矩矩的。」在丁璫眼裡，老老實實的石中堅意味著什麼？乏味、枯燥、了無情趣……由此說來，丁璫是寧願選擇石中玉在帶給她五彩愛情時附加的不專一、痛苦、嫉妒，也不願意要石中堅雖專一卻鬱悶的愛情世界。那麼，別的女子呢？女人們究竟喜歡什麼樣的男人，這真是個難題，恐怕一百個女人會有一百零N個答案的。愛情充滿玄機。無論是心理學家或情愛學家，要想弄清茫茫情海中男女是憑什麼在選取自己特定的那一個的緣由時，恐怕都是有些力不從心的。但是有一點可以肯定，當確定了某一個是自己的最愛後，那個人將成為自己生命中最重要的人。

據說美國一位教授讓一位女學生做過一個實驗：先寫下二十個生命中自己認為最重要的人的名字，然後逐漸劃去自己認為不重要的，最後只能剩下一個人的姓名。女學生艱難地劃了下去，直到泣不成聲、筋疲力盡時，只剩下了丈夫的名字。於是，還有這樣的故事讓人為愛感動。故事發生在中世紀德國，巴伐利亞公爵沃爾夫被康得納國王的軍隊困在溫斯堡中達數月，最後沃爾夫和他的軍官們決定把自己交給死敵。但是溫斯堡裡的女人們還沒有完全絕望，她們給康得納國王送去口信，要求許諾在保證她們安全離開城堡時帶走她們雙手能夠帶走的所有珍貴東西。要求得到了允諾，城門打開了，女人們帶著她們認為最珍貴的東西——自己的丈夫走了出來。據說，故事發生在一一四一年後，溫斯堡更名為韋博圖山，韋博圖山在德語中的意思是女人的堅貞。

丁璫說，愛情只有愛與不愛的區別，只有理智與瘋狂的區別。感知愛情的人唯一能感知的也只有愛了。

倚天屠龍記

倚天屠龍記

本書是「射鵰」系列第三部，但似乎與其他兩部（《射鵰英雄傳》、《神鵰俠侶》）之間只有牽強的聯繫。其中的男主人翁張無忌既沒有郭靖的俠之大者的風範，也沒有楊過倜儻不羈的性情，在其幾經磨難當上「明教」教主，正要做一番大事業的時候，卻又被政治流氓所利用，只好灰心失意流亡海外。倒是其周圍的幾個女性各有特色——周芷若的工於心計，趙敏的任性刁蠻，小昭的善解人意，殷離的忠心癡情，被刻畫得無不個性鮮明。而金庸在此書中把虛構人物穿插在大量史實中，巧妙地運用情節去表現那種無奈的悲劇氣氛，通過個性與共性來展示人生世界的複雜性，這種場面比刀光劍影的拼死一搏更叫人盪氣迴腸，感歎不已。

張翠山

張翠山

武當派張三豐門下弟子，排行第五位，江湖人稱張五俠。武功高強，外號「銀鉤鐵劃」。左手使爛銀虎頭鉤，右手使鑌鐵判官筆。在冰火島與殷素素結為夫妻。回中原後，為還妻債自殺，以謝師兄。

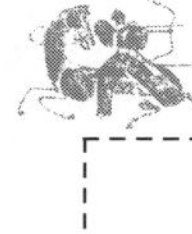

張翠山

自殺為了死的自由。

為了一把屠龍刀，江湖中人要陷張翠山於不義；為了一把屠龍刀，愛妻把張翠山逼上了死路。當初張翠山在偷看師父張三豐空臨王羲之《喪亂帖》的時候對老人的心境的體會未必有多深，而如今，才道喜相聚，又要傷別離。《喪亂帖》的「喪亂之極，先墓再離荼毒，追惟酷甚」所道出的怫鬱悲憤，張翠山眼下是完全體會了。霜風勁，黯消凝，唯一縷心事寄嬌兒，且休戰，意決，托孤，為情，為義，為自由，張翠山選擇了死亡。自刎以謝師兄，自刎以護朋友。武當山，亂葉舞紛紛，孤魂去，誰卻拘管？江湖中人乘興而至，敗興而歸。彷彿聞聽到張翠山語：浮生所欠只死。咋聽得，江湖人心怯、意亂。

事過境遷，只為奪刀而去的名利者後來如是說：張翠山為何一定要死，笨到家了。活著就有希望。武當山上，張翠山只需與江湖中人講好條件，餘下的事就全在他的掌握之中。說不定謝遜會把屠龍刀送與他，如此「寶刀屠龍，號令天下，誰敢不從」，已經擁有蓋世武功的張五俠到時候可就是武林至尊了。至於名聲，頂多背上對朋友不忠不信的罵名。然欲成大事者，可不拘小節，成了大事，江湖中人誰又能奈何於他？知曉張翠山自殺實為師兄俞岱巖之故者，也曾做出過一些假設：對於俞岱巖之事，張翠山之妻殷素素已經講了道義，何況這事與他本人沒有干係。退一萬步，實在在武當混不下去了，背上個忤逆的罵名，投靠天鷹派的老岳丈，憑藉張翠山的能力，也許還能謀到一個更好的職位。然而張翠山的自殺卻令這些設問者感到了惶恐，難道良心、責任這些字眼值得用生命去維護？他們都忘了一句話：「人生在世首要的大事是保持靈魂的高尚。」人之君子的守身要地是活得坦蕩，無愧無疚。「能慎獨，則內省不疚，可以對天地、質鬼神。人無一內愧之事，則天地泰然。」對張翠山而言，良心是靈魂之聲，他不能活著卻每日備受良心的拷問，他不能活著卻失去了真正的自由。所以張翠山沒有選擇生命，沒有選擇愛情，沒有選擇背信棄義，而是選擇了自殺這一莊嚴而神聖的死亡方式。他以此對江湖人說：「你們可以消滅掉我，但你們打不敗我」。風蕭蕭兮西風緊，壯士一去兮為情義。張翠山

死了，人們再一次聽到了老生常談的「生命誠可貴，愛情價更高，若為自由故，二者皆可拋」。從武當山上歸來，江湖中一些明事理的俊傑似乎明白了一個道理：「學會了死，才算懂得了活」。

許久以來，對於死亡，人們有著本能的畏懼，以至於對死亡二字都是諱如莫言。通常我們不會說親人「死」了，而代之以「走」字，也許對死亡我們應該更理性、更成熟地看待。生，開啟出世之門；死，回家了，門關了。讓我們從下面的故事中學會死亡，也許那些已經死了的人可以告訴世人，死亡就如同出生一樣，是必須接受的事實。學會了死，才知道活著的意義。

一陣廝殺，護送隊終於知道了自己未來的路有多麼艱辛，死亡如影隨形。可是面對強大的對手，沒有一個人退縮。一個小和尚，面對屠刀只那麼輕輕地昂頭一迎，卻讓敵手寒戰至心。《天地英雄》的故事讓我們看到了面對死亡的安詳和寧靜。

T．M．法弗拉，法國大革命中失敗者的一方，被判處死刑。由於法庭很難找到他的犯罪事實，所以在他臨刑前判決書才送到了他的手上。法弗拉在受刑之前高聲朗讀了一遍對他的判決書，然後很生氣對執法吏說：「先生，我發現你有三處拼寫錯誤。」這樣的面對死亡，可算是透徹地領悟了死的含義?!

也許我們應該準備好一句問候語，比如：「準備好了嗎？」「準備好了。」當與死亡交會時，就像與朋友見面打招呼一樣，一問一答，自然、隨意。

張翠山拋卻了紅塵，拋卻了江湖，卻讓江湖的史冊上永遠留下了他的名字。他的自殺讓當時的、現在的、今後的江湖無法迴避，讚他忠義的、歎他懦弱的、笑他愚笨的，一旦有人觸動那個話題，塵封的記憶都會為他開啟。

張翠山是可以感到寬慰了。江湖中人是應該思考一些問題了，比如關於生命，關於死亡……

網路飛刀

張無忌

張翠山、殷素素之子。從冰火島回到中原後即中「玄冥神掌」，命懸一線。在蝴蝶谷從神醫胡青牛學成醫術。後從猿猴身上取得《九陽真經》，練成「九陽神功」，身體痊癒武功精進。在光明頂練成「乾坤大挪移」，被明教推為教主。

張無忌

張無忌屬貓。據傳，貓有九條命，張無忌如果沒有九條命，只怕是活不到長成英雄的花樣年華，所以，有人說，張無忌一定是屬貓的。自然，回到中原後即命懸一線的張無忌得以活下命來，說他屬貓乃是一笑談了。有一種說法到是有一定的可信度，說張無忌是深得道家精髓——「無為而治」，從生存到武功到權位。老子曰：「外其形而身存。」也就是說把自己置之度外，反而能夠保全自己的生命。

隨父母從冰火島歸來，張無忌便成了江湖人圖謀屠龍刀的一件法寶。或許可以挾兒子以令父親，張無忌因此中了玄冥掌。從那一刻起，張無忌真的如一只放飛的風箏，隨時有斷線的危險。在太師父去少林寺求「九陽真經」治病未果、得神醫胡青牛救治也於事無補的境況下，張無忌終於懂得了父親小時候教他的「生死修短，豈能強求？」的道理。從蝴蝶谷出來，等閒時，張無忌也會歎上幾句：「念去來，

誰曉明日？」可對於生命的生與死、長與短，張無忌倒是有了幾分恬淡與從容。所以，在被朱長齡等算計逼到那個福天洞地後，張無忌是大樂，「任流光過卻，猶喜洞天自樂」。在那裡，張無忌盡情地享受著他為時不多的快樂時光。造化弄人，一直以為自己會死的張無忌偏就偶得了可以治療他所中玄冥掌的「九陽真經」，張無忌自己演繹了一次「塞翁失馬」的故事。從生到死的懵懂，再經歷了以為必死到突然活了過來的不經意；從張三豐去求「九陽真經」到白猿送上「九陽真經」，在「說不得」的布袋裡練成九陽神功，少年張無忌開始領會了道家的「無為無不為」之真諦。修練「乾坤挪移大法」沒有走火入魔得益於「無為」；在光明頂以一人之力化解魔教與江湖恩怨，並成為明教教主得益於「為而不恃，功成而弗居」的啟迪……後來身心已經修為很高的張無忌對弟子說，道家鼻祖所說的「無為」、「不爭」、「柔弱」等觀念是被江湖人曲解太多了。事實上，老子這些主張並不是消極、厭世或出世的。所謂「無為」是讓人們學會順其自然，不作強行妄為之事；「不爭」是不要伸展自己的侵佔欲望，易卜生也曾說過：「權欲如同烈酒和毒藥使人喪失理智。」至於「柔弱」並不是說做人要軟弱無能，而是要求人們切勿以強凌弱。江湖中不少人喜歡把「淡泊明志、寧靜致遠」作為自己的人生格言，其實他們大多並不明瞭它的內涵，只是葉公好龍罷了，單從對老子主張的理解上就可以看出子丑寅卯來。

撂罷手邊書，望窗外，回首。書縱遠，卻道警醒無數。張無忌說得沒錯，就像江湖中一些人對待老子一樣，很多時候，人們被一種固有的思維模式所禁錮，這樣的結果，不但苑囿了自己的心智，而且還容易自以為是，以至一葉障目還渾然不覺。

有一個故事，據說是考查人的思維方式的。一名男子開車經過郊外，遇上三個人請求搭車，但汽車只能載兩人。要求搭車的三人中有一位是進城看病的老婦人，一位是救過男子性命的醫生，一位是男子心儀已久的妙齡女郎。問，如果你是這個男子會作出怎麼樣的選擇？故事的結局是這樣的：男子把車子交給了醫生，讓他開車把老太太送到醫院，自己和姑娘一塊搭乘公車返城。看到這樣的答案，啞然失笑，笑自己習慣性的思維方式。當時曾努力地想，那位男子到底會搭載誰呢？通常，習慣性的思維方式影響著我們的生活。以後遇事遇人時，心中每每會想到這個故事，會有一種很溫暖的感覺。

念及此，有人聽到了張無忌悠遠的歌聲：吉藏凶，凶藏吉。人世縹緲如浮雲，人生貴適意。

謝遜

謝遜

金毛獅王，張無忌義父。練成「先傷己再傷敵」的「七傷拳」，為找師父成昆報仇，濫殺無辜。在去冰火島之前與張翠山相鬥時雙眼被毀，後皈依佛門。

謝遜

「我將以自己忍受苦難的能力，來較量你們製造苦難的能力。」謝遜憤懣的對著蒼天喊道。

在遭受了師父成昆有意製造的慘劇的巨大痛苦之後，謝遜問：「命運是什麼？」「命運往往使人在一夕之間，由幸福變為不幸」，一個蒼老的聲音回答說。再一次重溫了曾經有過的美好後，謝遜相信了這個答案，只是謝遜不會屈從於命運的安排。罪惡製造者必須得到應有的懲罰，而懲罰的實施者則一定要是自己。在謝遜的心中，老天爺只是「賊老天」，它是不會真正替無辜者、替弱小者、替好人說話的，好人未必有好報，一如岳王爺精忠報國卻被奸人所害那樣。所以，謝遜是不會等著看成昆得到老天的報應。從此，一個孤獨的靈魂帶著撕破的夢想，開始了漫漫復仇路。這條路，染滿了無辜者的鮮血；那鮮血，也將尋仇者的心一次次撕裂。可是，仇恨太重了，重得讓謝遜迷失心智不願停手，重得讓品嘗了無妄之災是什麼滋味的謝遜讓更多的無辜者參與其中，去品嘗失去親人的痛，去領受五臟挪位的苦。在如影隨形的痛苦中謝遜一路殺將下去，就像他自己所說的那樣，與苦難較著勁。在無窮盡的悲憤中，謝遜沒有快樂，不講人性，直到聽到一聲小生命的啼哭。這聲啼哭喚醒了謝遜身上沉睡十幾年的俠骨柔情，一絲柔光讓已瞎的雙眼充滿了慈愛之光。

曾有人評論說謝遜是英雄，但此說被眾多江湖人所不認同，直到看到了羅曼・羅蘭的一段話。羅曼・羅蘭說：「真正的英雄不是永遠沒有卑下的情操，只是永遠不被卑下的情操所屈服罷了。」當初滿心滿懷只寫著「復仇」二字的謝遜讓江湖人只見到了他的惡，這種惡在謝遜讓空見大師命喪自己拳下之時開始消散。隨著時間的推移，內疚之心不斷地加深，等到與張翠山對掌時，心中的積怨已少了幾分；等著與仇敵成昆相見時，恨不能手刃仇人的他卻放棄了殺之而後快的想法，只是廢掉了師父的雙眼。江湖人說，這是寬恕的力量。同時也認同了謝遜是英雄的說法。對於是否是英雄，謝遜已不關心。他對張無忌說：「人的一切都是為著不確定的東西而努力著。等有了結果時，結果往往與初衷已大相逕庭。就像自己為復仇，從濫殺、奪刀到放逐、參悟直至最後的寬容、皈依。人的一生也許就是這樣一個不斷了解、不斷參透的過程。記住，時間是味良藥，它能幫助你看清一切。」謝遜窮其一生的感悟，讓義子張無忌受用無窮。

我不知道謝遜稱不稱得上英雄。但我相信，他是敢作敢為的大丈夫。當初他因自己的突遭變故而殃及池魚，蓋出於感情的原因，感情有時候與理智是相矛盾的，所謂「有情而無形」。當感情超越理智時，過激的行為便滋生了。就像謝遜練的「七傷拳」一樣，過激行為的背後，是「先傷己、後傷人」的雙重心痛。

謝遜寬恕了成昆，是了悟了佛法還是源自內心的真誠，江湖人不得而知。翻看了一下字典，對「寬恕」的解釋出奇的簡單，就四個字：寬容饒恕。也許是指寬容別人，饒恕別人的過錯；也許是指寬容自己、饒恕自己的過失；也許是二者兼之。看來真的是越簡單的道理，越是不容易參透。

不過謝遜的那片天空的確是因為寬恕而雪雲散盡，心也因之放晴。從此後，安穩今夜夢，猶道不傷神。

讀罷謝遜這本異書，突然間彷彿明白了一些道理：諸如「能自救的只有自己」；「退一步海闊天空」；「學會寬恕」……最重要的一點是，一定要留出一點時間讓自己來彌補發現的錯誤，千萬別等到想改正時，只能空悲切了。

殷素素

天鷹教教主之女。才貌雙全，為奪屠龍刀用計致張翠山師兄俞岱巖中毒。六和塔下與張翠山相遇即生情愫。張翠山自殺後亦自戕隨夫而去。

作繭自縛。不同的是，殷素素嘔心瀝血用愛作繭；相同的是，殷素素在自己編織的愛的網中被困而死。

素素可化成了蛾？化成了蛾的素素可會依然義無反顧飛赴張翠山——那盞閃爍著愛的誘人光芒卻會令她化魂的燈火？我想素素會的，且不套用「戀愛中的人是愚蠢的」觀點，誠如李敖言：「睜著眼睛的戀愛才是真正的戀愛」。對於自己一見傾心的張五哥，素素是看得一清二楚的，她知道自己投入的將是痛苦、憂愁多於甜美的愛情。六和塔下，少女將心事放飛，眾裡尋他千百度，驀然回首，那人卻在，隔江對岸處。眼見相思人在雨聲中，卻怎憑得見？於是丟棄少女的矜持、嬌怯，為情郎撫琴放歌一曲。其實，在那個時候，殷素素就知道自己將談的是一場「沒有好下場」的戀愛。然而，在一往情深的日子裡，誰能說得清什麼是甜、什麼苦，只知道，確

定了就義無反顧。

殷素素真的是聰明之極的女孩。她知道，對於愛情如果也有許多莫名的顧慮，就會與真愛失之交臂。江湖中很多人認為，人的一生有大把的時間用來揮霍，更別說尋找愛情的時間，在他們的身後有足夠多的時間讓他們享受愛情。事實上是，他們錯了，誰敢說錯過了這次還有今後，誰敢說捨掉了幸福還可以找到同樣的歡樂。素素告訴江湖人，當幸福離我們很近時，一定要抓住，別眼見著讓它們從自己的指縫間劃過、溜走。後來讀懂了素素的人都說，她的愛情像杜鵑，沒有半點城府，春天來了，花就開了，愛情來了，心就隨了。不瞻前顧後，不畏畏縮縮，在素素的身上，人們可以聽到花開的聲音，可以看到鮮花恣意開放的燦爛、美麗。

在冰火島的那段日子，素素盡情地享受著愛情，在溫暖的陽光中細細品味著回憶帶來的關於愛的甜美。可是，一切都要過去了，無忌十歲那年，素素知道償還心靈債務的時候到了，怕了十年，躲了十年的欲說還休的傷懷事不得不面對了。離島前，素素對自己說：沒有什麼後悔的了，我已經很奢侈地擁有過了愛情。還有什麼比得上，曾這樣真實的愛過；還有什麼比得上，十年間的長相廝守，免卻無數的離愁相思苦。餘下的就是去面對，用心用愛去償還曾犯下的錯誤。帶著坦然也和著擔心，殷素素回到了中原，忐忑不安地跨進了武當山的大門。誰知，這一去呀，連片刻的迴旋都沒有，塵封的往事終是要落定的。「斷腸片片飛紅」，愛去了，情去了。五哥的揮劍一刎，把個剛烈女子的心化成了幾瓣。武當山上，江湖人但聞見親柔的呼喚：我的心穿過重重阻礙，輕輕向你飛去。親愛的，別顧慮，我會跟隨著你。在未來的世界裡，再也沒有人來打擾我們的愛情。

只聽得虎視眈眈不得手不言休的江湖眾人含羞離去。

江湖中，一直在尋找殷素素夫婦死亡的真正原因。大部分人認為，她二人之死，緣於殷素素為屠龍刀對俞岱巖曾做過的虧心事。當明白了全部真相後，張翠山替妻子背負了一切，期望以自己的死為妻兒存活於世留下足夠的空間。只是張翠山忘了一層，他死了，愛他至深的妻子又豈能獨活？這樣，武當山上演了一齣眾人皆歎的悲劇。春去秋來，江湖人談論著、找尋著、也思考著。殷素素的故事也引出一些話題來。有人說，每個人的心底裡可能都有一些不能講、不便講的虧心事，在這些人心中，所做過的虧心事會時時拷問著他們的良心和靈魂，在適當的時候他們一定會懺悔，只是需要時間。如果人們願意給他們時間，所有的恩怨當是可以化解的。殷素素作了十年的心理準備，只是回到中原後，俞岱巖、張翠山、江湖人沒有

給她用行動去懺悔的時間。

殷素素可是化成蛾了?化成蛾的她可願意再次毀滅自己去談一場轟轟烈烈的愛情?我想,會的,只是希望那愛情能甜美多於憂傷、多於痛苦。

周芷若

本為漢水一普通漁家女子，後被張三豐送往峨嵋派師從滅絕師太並當上峨嵋派掌門。因張無忌逃婚，性格變得怪異，用計奪回屠龍刀後得以練成倚天劍中「九陰白骨爪」武功。

周芷若

有人說，人的身上存在兩個完全不同的「我」，一個極善，一個極惡。善的時候，崇尚「高尚是高尚者的墓誌銘」；惡的時候，推崇「卑鄙是卑鄙者的通行證」。看來真是如此，不然周芷若展現的完全分裂的人格當作何解釋？難道真的只是為了一個誓言？

從漢水舟中細心、乖巧、懂事的女童到長成娉婷年華時的一句問候再到光明頂上那無奈的一劍，芷若所散發出來的都是女性的柔美與溫和。張無忌和江湖中人所認識和體會到的周芷若是那麼的柔、那麼的善，柔到甚或有人說她怯弱，善到與弱蛛兒過招，明明可以勝出，卻偏偏佯裝不敵而自傷其身。直到在少林大會上，細心的人發現依然容儀婉媚、莊嚴和雅的周芷若眼中的柔光已被毒、恨所佔有，與之對視，他們感到了一股沁入肌膚的寒冷。果然，就如同「九陰白骨爪」陰毒的招數一樣，周芷若舉手投足已沒有了半分江湖人所感受過的純善。花開葉落，應時而來。環境在周芷若身心上的影響到了展現的時候。所謂「近朱者赤，近墨者黑」，已經去了極樂世界的滅絕師太將在周芷若的身上再生。想到此，人們也就接受了她的突變。然而，喜歡探究事情根源的人則被這種狀況所困惑著，雖然他們也認同環境於人的重要性，可是像周芷若一般瞬間就來個脫胎換骨的大逆轉著實令人匪夷所思。到底是什麼在改變著人？日子一天天過去，依然沒有找到合理的答案。只是對於周芷若，探究者在把發生在她身上的事想了個通透後，似乎有了一個答案——苦心經營、觸手可及的幸福逃走了，張無忌的逃婚把周芷若推進冰點。心靈是最脆弱的器官，當自信、自尊被摧毀得灰飛煙滅後，人的精神就到了崩潰的境地。就這樣，轉瞬即逝的幸福、令人失望的過去，讓周芷若舉步踏入了不可捉摸的未來，讓周芷若選取了別樣的人生態度。於是，探究者歎道：男人們啊，不要輕易去傷害女人的情感。不要讓她們在被迫的自我犧牲中去被迫地塑造另外一個自己。女人們啊，珍惜自己，沒有什麼不能過去。

往事漸遠，卻難消心中疑問。遍翻櫥中書，「人性的弱點」彷彿解開了心中迷霧。

卡內基說，一個正規的人，分析起來有三個「我」，即「動物之我」、「社會之我」和「個人之我」。一個正常而快樂的人，都是由上述「三個我」構成的。但大多數人一生並不能達到「三個我」完全和諧統一，因此人就會犯著各種的罪惡，而這正是「動物之我」佔了上風的原因。卡耐基說「動物之我」的目的之一就是保存自己，為了達到這個目的，人的身上至今還遺傳著叢林的生活定律，即倘令其獨存時，他（她）會打、會殘害、會殺傷。看到這裡，想到了周芷若，看來她是「三個我」沒有和現實生活調和，讓內心充滿了矛盾，這種矛盾在她身上的體現就是擴張自己的動物本性來保存自己。還有一個聲音說，周芷若從善到惡，全是為了愛，「由愛生憂、由愛生怖」。在她的心中，「愛，比死和死的恐懼更強大。只有依靠它，依靠這種愛，生命才能維持下去，發展下去」。失去了張無忌的愛，便走向了隱藏於內心的另一個極端。

從頭至尾，周芷若都沒有替自己辯解什麼。也許在她看來，生命也是一場充滿各種意外的歷險。讓江湖中人去猜吧，去說吧，去議論吧，善也好惡也罷，讓我自己來安排命運。從此後，「獨自淒涼人不問」；從此後，「靜鎖一庭愁雨」，滿懷寂寞。果然，周芷若經常一個人望著天邊的浮雲發呆。沒有人知道她在想什麼。也許

在沉思自己的命運，也許也在想是什麼讓自己變成了兩個完全不同的自我？在顧影自憐的想像的王國中，周芷若可還會去想想愛情？

趙敏

蒙古郡主，汝陽王愛女，本名敏敏特穆爾。機智狠辣，敢愛敢恨，用情極深。曾將中原武林各派掌門囚於萬安寺內。後與張無忌一同歸隱江湖。

趙敏

百家姓中有上百個姓讓敏敏特穆爾挑選，郡主單挑了一個「趙」——百家姓中的第一姓。據說，這是因為郡主看中了「趙」字第一的位置和「趙」姓曾有過的王者氣息。總之，在敏敏特穆爾的心中，以後的中土江湖必將為「趙敏」二字惶惶不可終日。趙敏策馬揚鞭，中原武林人士聞到了濃烈的火藥味道。

女人所擁有的除了美麗還應該有智慧和手段，趙敏說。明教眾人與趙敏過招的第一回合，張無忌等便敗下陣來。當他們看清對手只是一個嬌媚可人的姑娘時，一大群男人感到無地自容的羞赧。待脫困後細思，心中卻感到一陣莫名的恐慌。從此後將與這樣一個機智但又刁鑽、毒辣的女子為敵，那會是怎樣的難纏！唉，以後的中原將更無寧日了。的確，處處提防的張無忌還是被困綠柳山莊，以為百密而無一疏，結果還是讓俞岱巖、殷梨亭再次飽受毒藥之苦。張無忌無奈了，只得聽命趙敏

約法三章的安排。暗地裡，江湖人也憂心忡忡，為趙敏的野心。男人的世界認定，女人一旦有了野心，她們將憑其百折不撓的意志和天生具備的忍耐力，藉各種工具，達到她們的目標。然而女人不穩定的性格和經常有的內心鬥爭，常常會把事情搞得一塌糊塗，但為了達到目標或者說為了實現夢想，她們可以不擇手段、不計後果。趙敏眼下所做的種種事已經證明了一切。

那麼「野心」究竟是什麼?現代漢語詞典裡的解釋是：「野心是對領土、權力或名利的一種大而非分的欲望。」由此看，野心顯示的是貪欲，無限制膨脹的欲望會使人無所不為，也難怪江湖人一談到野心便有些色變。不過曾有人對野心作過別樣的一番論述：「野心」也是「心」，是從自己的內心出發的，是屬於他本人的。至少這比被人「抬舉」出來的「上進心」要好。有些「上進心」背後的動力僅僅是虛榮，那是外在的，不是他本人內心的衝動。「野」字是個中國用法，幾千年來，正宗的朝廷之外的都被叫做「野」。在英文裡，「野心」和「抱負」是同一個詞。也許有了對「野心」這樣的闡釋，它對人心理造成的重壓會減輕些許。

趙敏終是讓江湖人放心了。愛情，至高無上的愛情讓趙敏放棄了國家、放棄了父兄、放棄了野心，至少江湖可以太平無事一段時間了。可是又有一些人開始絮絮叨叨

起來：為了一個自己都不知道到底愛誰的小子放棄所有，值得嗎？看來女人是不會擁有大智慧的。無數次聽到過這樣的評價：可惜趙敏是女兒身，不然定是決勝千里之外、運籌帷幄之中的好統帥；可惜趙敏是女子，不然定可成為一代開國元勳，位及人臣；可惜趙敏是女子，不然她的野心就要被稱為雄才大略了；江湖上東一句西一言的談說似乎再次佐證了一位名女人說過的話：「做女人難，做個名女人更難。」唯有了解趙敏的人明白，恰是這樣的選擇展現了她性格的全部，因為愛情是揭示人個性的一種極為奧秘的因素。她和殷素素一樣，沒有屈從於所謂命運的安排，而是盡自己所能獲得了最想要的東西，不用在後悔中嗟歎：錯、錯、錯。不用酒入愁腸，化作相思淚傾盆。

叔本華說：「人雖然能夠做他所想做的，但不能要他想要的。」一旦人找到了他想要的東西的時候，就會勇往直前。有人研究過，當人在物質方面的要求越少時，精神方面的收穫會越多。因為快樂本身並非依財富而來。當趙敏發現，能讓自己真正快樂的不是地位、不是權力，只是與愛人牽手時的心跳、滿足和開心時，她就決定從尊貴的敏敏特穆爾變為平民的趙敏。

在塵世的樂園裡，趙敏越發美麗。那種美麗，不同於溫雅秀美，不同於嬌豔姿媚，三分英氣，三分豪傑，三分自信，自然還會有幾分的刁鑽、古怪和精靈。

小昭

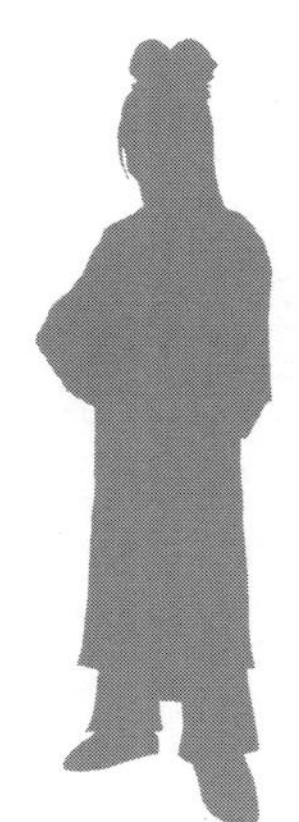

小昭

黛綺絲的女兒。黛綺絲為盜取明教「乾坤大挪移心法」，讓女兒小昭喬裝改扮混於光明頂，但被楊逍用玄鐵鐐鎖住手腳。後為救母親及張無忌等人，不得已當上波斯明教教主，被尊為「聖處女」

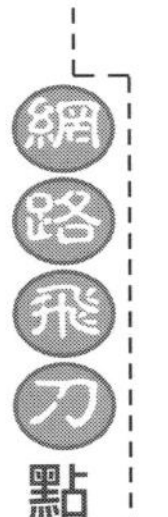

小昭

生命不能承受愛之重。當對母親的愛、對情人的愛重於自己生命中的一切時，小昭選擇了讓愛成為過去的一個夢想，成為自己走完未來孤寂歲月的一個希望。

被玄鐵鐐鎖住手腳的小昭被倚天劍釋放了出來，而她的心卻被無形的愛永遠地鎖住了。也許就是光明頂上短短的幾個時辰，小昭就墜入了情網，開始體驗愛情給予她的一種最深沉的衝擊。從此，乖巧的小昭便追尋著愛人的足跡，塵封相思心事，伴君天涯倦旅。愚者問：「小昭，你願意要心的自由還是身的靈巧？」小昭答：「我寧願帶著鐐銬跳舞，如果能讓心為愛自由歌唱。」然而在小昭的心裡，常有隱隱的不安，怕只怕侍君一生一世的夢也要斷了。待到靈蛇島，小昭知道了，那愛終是夢裡蓬萊。小昭也懂得了，人走完一生，除了愛，還包含著太多內容。愛因斯坦說：「我們這些總有一死的人的命運多麼奇特！我們每個人在這個世界都只作一個短暫的逗留，目的何在，卻無從知道。但是，不必深思，只要從日常生活中就可以明白：人是為別人而生存的。」小昭深刻地理解了這段話的含義。人應當替別人考慮更多，哪怕那樣做會委曲自己。為了母親，為了張無忌，為了那一船的人，小昭奉獻出了自己。聖處女，多好聽的一個名字，然而它所掩蓋的可能只有身臨其境的人才能體會吧。

有人曾發出這樣的感慨：大難來臨時，你會牽住我的手嗎？感慨源於一幅漫畫。漫畫是這樣說的：你能在大雨裡捧著花在我家門前等待嗎？畫面上如林密舉的手臂；你能在千人萬人的海灘裡認出我游泳衣的顏色來嗎？一排排手臂放下；你能在眾人的目光裡坦然地為我洗襪子嗎？手臂又一排排地放下；你能在大難來臨時緊緊牽住我的手嗎？畫面上，只是一片空白。

因為那片空白，感慨之人淚流、心痛、心冷。並說，愛的時候，都會說，你是我的永遠，可是到了危難的時候，又有誰能夠做到再牽住對方的手？張無忌等真是十分的幸運，在他們大難臨頭時刻，小昭舉起了自己的小手。

水隔天遮，小昭漸漸遠了。「今日容顏，老於昨日。古往今來，盡須如此，管他賢的愚的，貧的和富的。受用了一朝，一朝便宜。急急流年，滔滔逝水」，海風中送來隱約歌聲，船中人可是聽見了，可是聽懂了？

後來江湖中人聽說了小昭的故事，他們說小昭是理智重於情感的女子。是因為小昭在危急時刻奉獻了自己，還是小昭一直以來的默默付出讓江湖人有了此說。我更願意相信下面的這個說法：生活中，理智就是畫線，情感就是染色。比如用筆劃一個蘋果，它只不過是幾條線而已，引不起人們的味覺感想。但給它染上青色，則是一個生澀的蘋果；如果給它染上紅色，則是一個熟甜的蘋果。但是，如果一開始就畫出一個辣椒的輪廓，則任你怎樣染色，它都不會甜的了。事實上，理智與情感是兩種有關人類對事物心理反映的表達方式，不同的人有著各自不同的感受罷了。小昭用理智和情感為別人畫了一個鮮活的未來。

「我來自大海，我是海的女兒，我必將與海相伴一生。如果你們需要，我將變成一條魚，為你們導航……」小昭如是說。

江湖人不會歎息：大難臨頭時沒有人來牽他們的手了。在大海上，至少還有小昭。

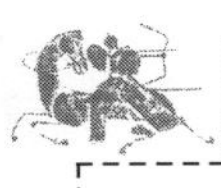

殷離

白眉鷹王殷天正的孫女。因父偏袒愛妾母子，反冷落蛛兒母女，一怒之下，殺死了二娘，母親為她自殺。為替母親報仇而離家出走，跟隨金花婆婆闖蕩江湖。因修練「千蛛絕戶手」容貌變醜，並被周芷若破相。

殷離

張無忌問：「遠方有什麼？」殷離答：「遠方除了遙遠，還有美好的嚮往。」張無忌越發地弄不明白了，就像他說過的一句話：「真搞不懂你們女人在想什麼。」明明殷離只要點頭，她朝思暮想的愛人就能與她拜堂成親，可是她居然不承認曾阿牛就是張無忌。她放棄最實在的愛，夢遊一般地飄向遠方。人們說：阿離，將為愛夢一生。

母親哀怨悽楚的眼神、母親為愛而流盡的最後一滴鮮血在少年阿離的心中留下了揮之不去的陰影——男人就是天性薄倖，男人就是朝秦暮楚，男人就是情短愛移。總之，愛情於阿離又豈是一個「涼」字了得，似乎這樣的女子此生只怕是要與愛與情絕緣了。偏又是，遇上了一個張無忌，一個合了她心思的少年郎從此成了阿離心中無可替代的愛情對象。古龍先生說：「她縱然將天下的男人都不瞧在眼裡，

但對那一個卻是死心塌地。」就是那個把牙印留在手上，把情刻在心裡的張無忌成了阿離心中死心塌地愛戀的那一個，沒有人可以替代，包括長大後的張無忌。阿離，幻想中的阿離賦予自己愛情以理想和童話般夢境的光環。紅萼無言耿相憶。又片片，吹盡也，何時得見？與張無忌分手後，思念、牽絆、幽怨纏繞著阿離。隨著金花婆婆浪走天涯，阿離帶著記憶中深深的愛，撒下一路癡情、一路夢幻。

但是，一個叫瓦切列夫的對情愛頗有研究的人說：「一個人如果永遠沉浸在對異性的抽象的幻想中，就不可能有什麼真正的活生生的愛情。」如同海涅言：「男子不可能娶維納斯為妻，女子不可能嫁給赫耳墨斯雕像。」人必須要從幻想中的天堂中回到現實生活中來，將注意力轉移到活生生的人的身上來。如果一個人長時期地在幻想的愛情中遨遊，不但感情會變得遲鈍，而且會對人的生命力產生極其有害的影響。江湖人說，瓦切列夫說的也許不是真理，但絕對是事實。像阿離，一生的情一生的愛都只在一個虛幻中的張無忌身上，只要她從想像的王國中邁出來，眼前的「曾阿牛」就是夢中的張無忌，就可以擁有熾熱的愛情。阿離不走出來，悲劇就這樣注定。「莫開簾，怕見飛花，怕聽啼鵑」。阿離，依然做夢的阿離說：「我寧願，空感懷，擁衾無語；我寧願，空皺眉，尋君、尋君，憔悴去，魂歸夢裡。」

唉，千千心中結，誰解？能幫自己的只有自己。一個聲音在呼喚：從來就沒有什麼救世主，要創造幸福，全靠我們自己。我相信，那是真理。

張小嫻說：「心裡念著他，不可能放得下。然而，在放不下的同時，體味一下除他以外的快樂，或許可以幫你去遺忘。」應該是這樣的吧。除了愛，生活中還有很多的快樂。比如有朋自遠方來不亦悅乎；比如約三兩好友，三杯清茶兩樽淡酒談天說地不亦悅乎；比如陪雙親曬曬太陽、聊聊往事不亦悅乎；還比如快樂地工作，欣賞一部好看的電影，聽一曲喜歡的音樂，玩玩電腦遊戲。不經意間，就什麼都放下了。不要說自己沒心沒肺，有時候遺忘是為了忘卻的記憶。

阿離說得沒錯：遠方除了遙遠，還有美好的嚮往。所以，該放的要放。阿離，你可懂了？

楊逍

楊逍

明教「光明左使」。風流瀟灑，桀驁不凡，毋視世俗，有才略。二十歲時與武林高手孤鴻年比武，孤鴻年連拔劍的機會也沒有就敗於楊逍之下，武功更深不可測。

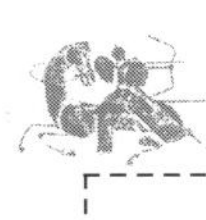

楊逍

人是需要一點卓爾不群的。不好說楊逍到底是因為什麼樣的風格特立獨行，總之，江湖記住了他，一個女人寧願丟掉性命也不背棄他。

天馬行空的楊逍太多時候讓江湖人無法看懂。比如，說他是君子，他強人雲雨；說他是小人，他絕不叛教；說他灑脫，卻經常地透著孤寂；說他世俗，對眾人皆欲得之的倚天劍卻熟視無睹。對於楊逍，最好的理解是可能什麼都有點，比如孤傲、狂放、冷漠、熱情……作為男人，楊逍成功了。情感上，被他玷污了的女子為他們的女兒取名「不悔」；事業上，明教幾次生死關頭都是他力挽狂瀾，教中之人人皆敬之；人和上，張無忌說：「楊左使比殷六叔更具吸引力。」

一部韓國電視劇裡有一句臺詞：男人看男人最準。換言之，如果男人都欣賞的男人一定錯不到哪裡去。當時聽到這句話不在意，後來私下暗想：男人也分好男人和壞男人。好男人之間相互欣賞可被稱為惺惺相惜，好男人與好男人相處滋生不出什麼壞念頭。可倘若兩個壞男人相互欣賞了卻如何是好。狼狽為奸的背後誰知道會衍生出多少陰謀、多少罪惡。最後令自己釋然的是不成其為理由的理由——我的身邊沒有壞男人。大不了被人哂之：果是女子，頭髮長見識短，那又如何呢？我就是相信好人畢竟是佔大多數。後來看到王蒙先生的一篇文章，知道了「人性惡」不一定只屬於別人，於是暗笑自己的無知瞎想庸人自擾。

王蒙先生說：「在今天這個社會的人際關係中，聲稱自己多麼清高多麼純潔多麼高尚多麼雅致的人，不一定就在人際關係中無懈可擊，不一定他或她的人際關係中的問題就全在別人，不一定他或她就完全沒有庸俗和自私，沒有嫉妒和自吹自擂，沒有多疑和斤斤計較，沒有野心乃至虛偽。也就是說，人性惡的東西不一定只屬於別人。」

暗自揣測，金庸先生是懂了楊逍也懂了人性的。世上本無完人，一個有著缺點的人比被描述成高尚聖潔的不食人間煙火的「神」更讓人感覺到親近、感覺到可信和真實。榜樣並非都是不可觸及的人物，或許我們周遭的人更容易讓自己找到合適的位置，合適的人生。像楊逍，江湖人看到了他身上的惡，於是人們就知道了去規

避、去嚴加苛求「惡」之類。在保證做一個有著缺點的好人的同時，對自己友善一些，在可能的範圍內做自己愛做的事，雖然「做你愛做的事，並不意味著輕鬆，但絕對可以活得更精采」。誰流傳下來的——「人生苦短」，它的另一層含義是有限的光陰可以擁有無限的快樂。於是「當我們九十九歲的時候，想到一生的歲月如此安然度過，可能快樂得如同一個沒被抓到的賊一般嘿嘿偷笑」。

滅絕師太

峨嵋派第三代掌門人，劍法精妙。心高氣傲，性情剛烈，被趙敏用「十香軟筋散」困在萬安寺後自行絕食，最後跳樓自殺。

滅絕師太

郭襄哭了，為峨嵋派第三代掌門人——滅絕師太。聰靈的襄兒沒有想到，不過幾代，她的峨嵋派居然淪落得有些俗氣了。不知道是不是為滅絕師太剃度的師父忘記了告訴師太，「滅絕」不過一個法號，要提醒的只是斬斷其俗世情緣，而非連人格人性也一同滅掉絕掉。

滅絕師太也是有苦衷的吧。雖然有江湖人欲得之的倚天劍在手，但峨嵋派其實是空有其表，江湖人是有些不把它放到心上的。想當初師祖創派何等受人敬重，到了自己這輩竟然成了這個樣子，愧對先祖啊！於是師太想著，一定要讓屠龍刀物歸原主，如此「武林至尊，寶刀屠龍，號令天下，莫敢不從」的神秘傳言就真的可以實現了，峨嵋派將在自己的手中發揚光大，甚或達到頂峰。僅有理想是不夠的，師太開始了行動。要樹立峨嵋派的名氣，師太想到了眾矢之敵的邪教——明教。機會

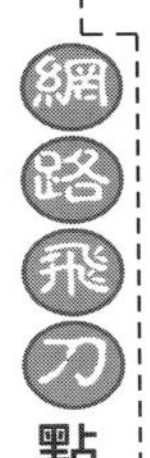

來了，愛徒紀曉芙為明教光明左使楊逍所辱，師太計畫讓徒兒假意以身相許然後圖之。師太此舉煞是令人費解，有人猜測是怕了楊逍的武功，不能強攻故而智取；還有人說這是以邪對邪。對明教這樣公認的邪門歪道是不用講道德、講光明、講磊落的。然而師太想錯了，而愛徒公然抗命的結果是死在師父掌下。恨鐵不成鋼之餘，走來了周芷若，滅絕師太又找到了一線成大事的生機。這一次差一點讓天國中的師太流淚了，張無忌的逃婚終讓師太的靈魂得到了安息，要不然師太會怎麼樣來懲罰毒誓後的背叛呢?!

塵埃落定。在師太精心謀劃之下，倚天劍與屠龍刀劃開了傳言中的秘密，周芷若也學會了些許倚天劍中的絕世武功，可又如何呢？真相大白後，峨嵋派這一次倒真的被江湖看輕了。師太如何去對襄兒訴說這無邊的新愁舊怨！

很多人一直想試著摸透滅絕師太的心思：她是真的認為明教是魔教還是覺得明教勢力太強大了需要削弱。論到邪，師太吩咐紀曉芙、周芷若做的事實難拿到桌面上來說；說到要遏制強大勢力避免強權，為何要一心得到屠龍刀，僅僅是為了讓它認祖歸宗那麼單純嗎?!怕只怕毀掉別人只是為自己的強勢掃清障礙。那麼或許是「名聲」在作祟。

師太已經走得很遠了，她的思維將如同她的名字一般滅絕，沒有人能窺破師太的心思了，只是還聽見有人在嘀咕：是名聲的原因。因為「即使在智者那裡，對名聲的渴望也是要到最後才能擺脫的弱點」。

師太還讓江湖人明白了一個道理，四大皆空，非是釋得出「地火水風」概念那麼簡單。

碧血劍

碧血劍

這本書，是金庸從傳統武俠到新派武俠的一個突破，他一改傳統武俠中發展式的講述手法，以雙線並敘，明裡講的是袁承志，暗裡，還有一個主角——金蛇郎君夏雪宜。書中通過倒敘的形式一點一點地把一個死去多年的人的形象展現在讀者面前。而金庸把夏雪宜這樣一個半正半邪、放浪不羈的人物，描繪得極其動人，對其給予了肯定，是全書的亮點。兩相比較，袁承志便黯然失色——俠不俠，儒不儒，沒有一點英雄後代的血性，可算是金庸武俠中最平庸的男主角。這是金庸在其作品中首次表露性情中人比道德君子更可愛的觀點。

袁承志

袁崇煥之子。華山派「神劍仙猿」穆人清的關門弟子，修習劍術、拳法。得「千變萬劫」木桑道長指點輕功、暗器，無意得取《金蛇秘笈》並練成「金蛇劍法」，並成為南北直隸等七省武林盟主。反清不成後退隱至浡泥國一座大島嶼度過餘生。

袁承志

袁承志以為迎來了一個嶄新的世界，然而迎來的卻是愁腸寸結的無可奈何花落去。直到這一刻，他似乎才頓悟，義兄李岩的自戕更多的是因為看不到未來。突然間，袁承志覺得自己一直懵懵懂懂的，是在為一個虛幻的理想活著。

理想被現實摔碎了，袁承志只得選擇離開。後來有人猜測，袁承志的這個選擇是想證明一個道理：「要最終評價一個人，不能看他在順境時如何意氣風發，而要看他在逆境中能否乘風破浪。」最後袁承志好像證明了自己是個強者，在那個島上，像在大明朝一樣，他嫉惡如仇，開闢出一方新的天地。但沒有人相信，在那個浡泥國他可以活得躊躇滿志。情非得已地離開關內，除卻心中的那份遺憾、惆悵、不安會是心中永遠的痛，難道背井離鄉會不夢想著落葉歸根嗎？除非他是一個善於從心底裡忘卻一切的人，但是人的情感又怎能是說丟棄便就能捨卻的。

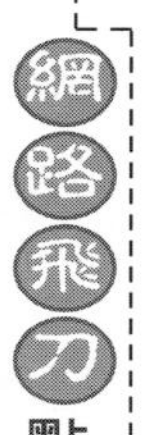

從對父親的情到對青青的愛看過去，渤泥國的袁承志是識盡愁的滋味了，體會著成功歡愉也品嘗著別人的國、別人的家的落寞。暗地裡，袁承志更為深刻地理解了當年的父親，無國何以為家。問：這是我想要的生活嗎？醉裡挑燈看劍，夢回八百里秦川。於是，很多時候有了愛情也有了友情的袁承志還是搞不清楚自己到底是幸福多些還是不安、不樂多些。

困擾袁承志的問題也困擾著江湖中來來往往的人群。對於幸福，欲說還休，欲說還休。依然有人借著袁承志，說說與幸福有關的話題。

所謂幸福，像安徒生筆下花園裡的玫瑰，每一朵玫瑰都有自己的一段故事，每一朵玫瑰都相信自己是最幸福的。而與之相連的比如玫瑰籬笆、陽光、霧露天氣、和風都覺得自己與幸福相連，自己也變得幸福起來。世界上的人也與那些玫瑰一樣吧，理解著各自的幸福，品味著各自的幸福，也享受著各自的幸福。而與他們相連的，比如父母、朋友、愛人也會體驗到一種幸福。然後有人相信，幸福可以「傳染」。

所謂幸福，有一種解釋是：使人心情舒暢的境遇和生活。而有時候人很容易把快樂當成幸福。

事實是，有些快樂是當你停下來，就會感到無聊、空虛，渴望著什麼卻又不知道自己究竟想要什麼。那種感覺有點像無數個狂歡的夜晚過後，人去樓空，連空氣都透著孤寂，努力想找回曾有的快樂卻發現一切都是徒勞；那種感覺還有點像酒醉過後想回憶卻怎麼樣也想不起發生過的事情。於是有人說，過眼雲煙般的快樂不能被稱作幸福。

風雲變幻的更迭中，過客一樣的袁承志銷聲匿跡了。安徒生花園中關於幸福的故事卻一直在傳唱。

「各自都有一份！」和風說道。「各自應該有一份！」

於是風便把葉子吹過籬笆，到露水能滴上、陽光能照射的地方。「我也有我的一份，」和風說道。「我知道每朵玫瑰的故事，這些故事我要講給整個世界聽！那麼，告訴我，誰是它們當中最幸福的？是啊，該你說了，我說夠了！」

溫青青

溫青青

金蛇郎君、溫儀之女。行走江湖時與袁承志相遇、相識繼而相愛。性格敏感多疑。最後與袁承志一同歸隱。

溫青青

就像那首詩，他們相逢在黑夜的海上，溫青青的心卻迷失了方向。袁承志——那塊偶爾投影在溫青青波心中的一片雲，讓她體驗到了一種戰慄。後來，溫青青知道了，那就是人們所說的愛情。令人迷醉的愛情，讓溫青青前所未有地快樂著，也前所未有地痛苦著，以至於江湖人說：這是必然的結果。太多的嫉妒注定溫青青的愛情苦澀多於甘甜。

憑闌悄悄，目送秋光。暮色中，晚輩們看到了溫青青臉上隱約的笑意。問其究，老人笑答：「我以為那有著檸檬酸味的愛情會讓自己一生受累，不曾想它卻讓我一生有福了。」豈是晚輩們聽得一片混沌，江湖中人也猶墜霧裡。

檸檬酸味的愛情？它有個代名詞——嫉妒。溫青青會因為嫉妒而感到幸福？卻原來，溫青青早就學會了：恰到好處的嫉妒會讓愛情保持鮮活，也證明了自己對愛人的重視與珍愛的愛情嫉妒學原理。於是，江湖中人也明白了溫青青當初為愛不停地逃離，只是為證明「愛情是一種甜蜜的痛苦」。其實，溫青青的所謂愛情嫉妒學是對愛的另一種詮釋。遇上袁承志後的溫青青從性格到為人處事都不知不覺地發生著變化，誠如一句話「愛情是一位偉大的導師，她教我們重新做人」。在愛中，溫青青被愛改變。到了最後，那略帶有檸檬酸味的愛情倒成了溫青青和袁承志愛情生活中閃亮的光環。

有人說，人的整個生命就是一場控制性遊戲，人應當訓練自己掌握遊戲規則。其實愛情也一樣，嫉妒、懷疑、猜忌等非理性成分就像籠罩在愛情身上永世的詛咒。愛來了，它們便同時伸開觸角刺進戀愛中人的心、人的腦，有時候人們真的會看到它們贏了，但愛卻被拋棄了，而那些自釀苦果的主人們在懷揣幽怨地接受事實後，開始著力為愛情尋找更廣闊的空間。於是，有了「愛情也需要經營的」論調；有了「愛情不只是一種感情，它同樣是一種藝術」的倡議。於是人間便少了些許「山盟雖在，錦書難託。莫莫莫！」的悲風秋雨。愛情來了，被愛折磨得喜怒無常的溫青青卻依然聰明著，她學會了控制，學會了改變，最後她獲得了愛情。

溫青青的幸福讓江湖人感覺到了愛情力量的偉大。可是，陳丹燕說：「愛情的

力量不大。」因為你愛上的是一個怪獸，他一輩子都將是一個怪獸，愛情不可能把怪獸變為王子。然而，她又說：「愛情的力量也不小。」它使得兩個完全不相干的人走到一起共度一生，最後像骨肉那麼親。真的，生活就像一個大謎團，愛情是謎團中的迷宮，人類生生世世都想弄明白，末了卻依然還是一個謎。

「圍在城裡的人想衝出來，城外的人想衝進去，對婚姻也罷，職業也罷，人生的願望大都如此。」人們念叨著錢老先生的至理名言，心中最後的定語恐怕也只四個字：難得糊塗。

阿九

崇禎皇帝的女兒，明朝最後一位公主。從小拜程青竹為師，以兩根細竹為武器，愛慕袁承志，後被父親砍下左臂。明滅後出家，即《鹿鼎記》中的獨臂神尼。

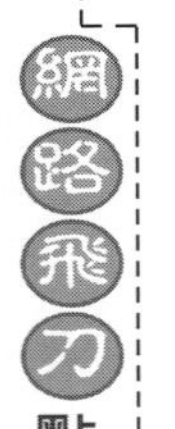

阿九

有著春天般絢爛色彩的公主阿九只一瞬就褪盡了所有的顏色所有的芬芳。雨後陰冷清寂的空氣中散發出空空的惆悵——女人一生憔悴，原來真的只需幾個黃昏。

阿九最後望了一眼那個唯一能恢復她精采世界的男子，黯然道：「也許你我終將行蹤不明，但是你該知道我曾為你動情。」什麼都沒有了的阿九走了，帶著殘缺的心和身。淡遠的背影留給江湖一個巨大的問號，人們不知道從此後一個無所依從的女子將歸於何方？不知道她靠什麼力量還能堅強地存活在這世上？什麼都沒有了，國家、家庭、愛情，甚至不能保留一個完整的軀體。然而阿九卻活了下來。當阿九從孤寂生活的最深處領會了應該對自己的生活採取何種態度時，阿九以九難的方式活了下來。

阿九活著，江湖人想一定是愛的力量超過了復仇的欲望。因為有人曾說過：

「愛，我想比死和死的恐懼更強大。只有依靠它，依靠這種愛，生命才能維持下去，發展下去。」阿九沒有得到袁承志的愛情，心中的那份愛卻是永遠也不會磨滅的。但更多的人相信，除了愛，支撐著人活下來的還有苦難，因為人們深知，來到這個世界上，不僅要認識它，還要承受它。而需要人承受的多都與痛苦、不幸、絕望相關聯。

當「苦難」二字蹦出江湖人心房時，他們感到一陣驚悸，突然間意識到也許苦難對於人意志力的衝擊遠遠超過了幸福、快樂、滿足給予人的幫助和啟迪。比如阿九，假設依然擁有尊貴和權力的阿九沒有得到袁承志的愛情，她的生活可能會變得一場糊塗。然而當什麼都失去後，阿九只有選擇從紅塵中隱去，遁入空門，並告誡自己：「我必須兩隻眼睛都睜開，面對現實。」從此以後，漫漫天涯路、茫茫人海中又多了一位「苦難」的追隨者。歎息間，很多人理解了苦難對於人類的意義，它除了讓人學會面對、接受、堅強、忍耐，還能讓人時刻保持一種驚醒。

寫入琴絲，一聲聲更苦。經過苦難的人都知道真正的苦難是根本無法與外人道的。周國平對苦難有如下一段描述：苦難似乎是一個偉大的詞眼。在古典時代，苦難被頌揚為一種英雄業績；在浪漫朝代，苦難被頌揚為靈魂淨化的必由之路。但是

一個人只要真正領略了平常苦難中的絕望，他就會明白，一切美化苦難的言辭是多麼浮誇，一切炫耀苦難的姿態是多麼做作。看來，阿九是最深沉地理解了這一段話。當初她堅定地轉身已經是有了對苦難最本質的理解。袁承志、何紅藥、溫青青沒有任何一個人聽到過阿九的訴說，有的只一句：「青姊姊，你不恨我了吧！」然後離開，獨自忍受著自己的苦難。

「而今識盡愁滋味，欲說還休，欲說還休，卻道天涼好個秋！」不知辛棄疾當初是怎樣的心境寫出了足夠讓品嘗苦難之人還能言說的詞句。苦難最終能帶給苦難者什麼，只有苦難者自知，也許是財富，也許是屈辱，也許是絕望，也許是希望……不論是什麼，苦難也會因為時間淡化而成為過去。

公主阿九成了九難。想忘了，如煙的過去，想忘了，漸遠的苦難。只是不知，想忘的可還有愛情？

何紅藥

年輕時長相俊美，為萬妙山莊莊主，遇來盜寶的夏雪宜後，動了愛心並為夏雪宜身受蛇咬之苦，容貌盡毀。後在發現金蛇郎君死後亦念念不忘溫儀便焚其骨骸，自己也化為灰燼。

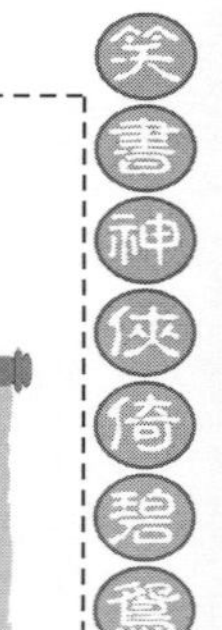

何紅藥

煙霧中，和著情郎骨骸升騰而去的何紅藥歡快地長歎：「這一次我是牢牢將你握緊了。」空靈中，彷彿看見何紅藥滿足的雙眼噙滿了淚水。於是，忍不住的雙眼發酸——一個為愛而迷途不知返的女人。沉吟中問，一個女人為愛情究竟要付出多少才算為過？一個女人究竟要怎麼樣的坦誠相告才知道自己的愛錯了方向？一個女人究竟為了什麼要迷失在愛情的黑暗裡至死不渝？

再一次老生常談：愛情美在盲目。愛過的人都說，盲目給予愛情的就是不管眼看到什麼，只聽憑自己心的指揮。愛中的人堅守的是自己的愛情。徘徊，怔怔地想：一個人的愛情還算愛情嗎?憑人問，誰與聽。

萬妙山莊裡，俊美的何紅藥把心、身和五毒教鎮教之寶金蛇劍交給了情郎，把自己交給了蛇窟。傷了心、毀了容的何紅藥容忍了情郎對自己的負心薄倖，卻不能

容忍他說：「我愛那個女子勝過愛自己的性命」。知道真相後的何紅藥還不能容忍情郎臨死時對自己愛人的牽絆與記掛。她要毀滅，毀滅掉一切與情郎愛的記憶有關的什物。傻傻的何紅藥哦，難道她沒有想到思想與情感如何能輕易言毀！如她自己一般，毀了青春，毀了容顏，依然毀不掉銘心的愛戀。

何紅藥是只能歸於悲劇的。令江湖人產生分歧的是，她的悲劇在於愛情還是在於性格。一番論辯，很多人說，何紅藥的悲劇性格使然。她太過倔強、自負。成日裡與蛇、蠍等劇毒之物打交道，讓它們乖乖地俯首聽話，難道就不可以收服一個男人的心？她之所以拼命要得到夏雪宜的愛，更多是為了了結自己的一個情結——我為你付出了那麼多，你卻只是利用，利用再利用，難道就不可以違心地說一句：我喜歡你?!何紅藥是愛情郎的嗎？如果愛，她怎麼可以只為一句話就斬斷戀人的四肢；如果愛，她怎麼還忍心去毀掉戀人存世唯一的憑據。

「萬騙之首，乃在於自欺。若能自欺，何惡不敢為？」何紅藥苦戀的結果得到的卻是江湖人這樣一句斷語。唉，這又是何苦。人一生要經歷太多事。思想情感上的，如喜怒哀樂，愛恨情仇；實際面對的，如工作家庭，父母朋友，老闆上司，下屬同僚。誰能保證每件事都能按照我們的心思去做，去達到目的。孫悟空能上天能

入地，七十二變還是逃不出如來佛的手掌心，況我等凡夫俗子。「退一步海闊天空。」話雖老了，理卻還是這個理。

可惜何紅藥是不懂的，懂了，她就會放棄夏雪宜那座無法令自己愛情生根發芽的荒山，去尋找可以琴瑟和鳴的相思。

不知誰說過的，放愛一條生路，也是放自己一條生路。

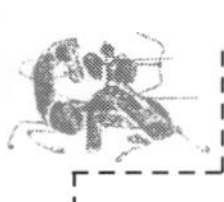

金蛇郎君

本名夏雪宜。與溫家有世仇，為復仇，騙取五毒教何紅藥信任，盜得五毒教鎮教之寶——金蛇劍，金蛇郎君由此得名。自行領悟寫出《金蛇秘笈》，包括如何破兩儀劍法、五行陣等。後死在溫家陰謀詭計之中，臨死時仍口銜溫儀之髮簪。

金蛇郎君

一想到金蛇郎君夏雪宜便覺得他一定有著一雙哈姆雷特式憂鬱的眼睛，略有不同的是夏雪宜的憂鬱中多了些堅定，少了些迷茫。然夕陽殘照時，耀眼的餘暉還是無法掩飾他眼中的憂鬱。

憂鬱來自復仇。復仇最大的力量就是把復仇者變成痛苦的守望者。夏雪宜也是逃不掉的。在向溫家發出了血債血償的復仇挑戰後，他就陷入了復仇角鬥士和痛苦守望者的陷阱中。每復一次仇，過往痛苦的記憶都會被拎出來用心重新輾過；每復一次仇，都要經歷「冤冤相報何時了」的質問，心痛到不能呼吸。野棠花落，歲月匆匆過。望鏡裡華髮深鎖眉頭，復仇者咧嘴想笑，發現卻難，憂鬱、痛苦已滲進了身體的每個角落。此時，江湖人相信了，復仇者大多無法有好結局的緣由——除了將性命交付對手外，來自內心痛苦不斷的糾纏早讓他們無處可逃——有時候殺掉自己的並非敵手。像謝遜，像林平之。

作為復仇者的金蛇郎君是幸運的。在痛苦尚未吞噬他全部靈魂的時候，他遇到了愛情。愛情來得很偶然。溫儀——被夏雪宜擄回來準備汙後殺之的仇家女子，要用死亡來捍衛自己的貞操，而復仇者偏救活了她還弄湯侍藥，無微不至。也許復仇者想：非親力圖之不為復仇。時間一天天過去，很奇怪，夏雪宜居然忘記了仇恨，還體會到了復仇以來少有的快樂與平和。於是復仇者撕毀了當年立下的「汙溫家女子十人」的誓言，將開啟他愛情之門的仇家女子送回了家。

「愛情是一位偉大的導師，她教會我們重新做人。」何紅藥以為金蛇郎君在遇到她後已經「重新做人」了，但江湖人是知道的，那個時候的夏雪宜還是一位堅定的復仇殉道者，肌膚之親是不能代表愛情的，除非有人確信「不穿衣服所做的事情都是愛情」。

愛上一個人便如何？衣帶漸寬的不悔？憔悴了又何妨？拼了性命又怎樣？都是有的吧。有人說歸根結柢，愛一個人便是無休無止地掛念。像夏雪宜對愛人說的那段話：中了那一杖本活不了命，但牽掛著在高峰絕頂之上無法生存的你，便又活了過來。「愛一個人就是心疼她、憐她、寵她。心疼她，是因為她受苦；憐她，因為

她弱小；寵愛她，因為她這麼信賴地把自己託付給了你。」

有一個朋友對我說，她老公有事沒事都喜歡給她打電話，有時候她都覺得煩。我笑答說：那你把他的電話沒收了。其實，都知道哪是沒收電話那麼簡單，電話不外乎物，它承載的牽掛誰沒收得了？我相信我的朋友會為熟悉的鈴聲而煩，但一定是那種眼角眉梢都充滿蜜意的煩。

愛情亦然把復仇者夏雪宜從痛苦的守望中拉了出來，可是他卻要死了。復仇的火焰最後一次被點燃，這一次復仇有了愛的印記，金蛇郎君想，這樣就不那麼痛苦了，不那麼憂鬱了。

鴛鴦刀

鴛鴦刀

本書是金庸小說中別具風格的藝術作品，小說情節曲折、語言詼諧，通篇皆有喜劇色彩，四個武功低微的小人物、一對性格急躁的夫妻佔據了其中不少的篇幅。這是金庸的小說中第一次出現這樣的喜劇性質的人物，其特性雖未完全發揮，但卻為以後的金庸小說中對此類人物的描寫奠定了基礎（《笑傲江湖》中的桃谷六仙、不戒和尚，《射鵰英雄傳》裡的周伯通、《鹿鼎記》中的韋小寶等）。不過由於是中篇小說，加之是早期作品，所以結尾突兀，缺點很是明顯。

太岳四俠

煙霞神龍逍遙子，雙掌開碑常長風，流星趕月花劍影，八步趕蟾、賽專諸、踏雪無痕、獨腳水上飛、雙刺蓋七省蓋一鳴。名號很大，實則武藝平平，但為人尚算正直，也頗搞笑。

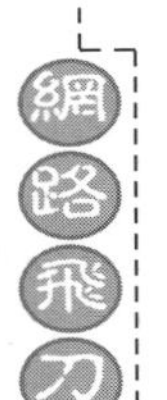

太岳四俠

在他們的世界裡，沒有絕對的黑也沒有絕對的白。他們既可以打家劫舍，也可以義薄雲天；佔上風時可以耀武揚威，落敗之際也可以談笑自嘲。對己對人四俠都把人生色彩調和到最適合自己接受的色調。

對黑白分明的江湖來說，太岳四俠的這種做人準則和行為方式卻被冠之以「渾渾噩噩」四個字，四俠是讓江湖人感到有些惶恐了。然而這次江湖人有了足夠的耐心去與他們交往而未倉促蓋棺定論。也許出於好奇，也許出於理智，也許出於以往慘痛的教訓。最後江湖人發現，時間真的會讓深藏的一切都顯露出來。他們給了太岳四俠時間和寬容，所有的問題都飛過了蒼茫顯得清晰而明瞭。

生活可以籠統地把人分為三六九等，但是做人的理念卻從來都不會因人而異的，區別在於想到後有沒有努力地付諸於行動。有人說，行動源於兩點：對快樂的追求和對痛苦的逃避。一個人不能化心動為行動只有兩個原因，要麼是對快樂的渴望不夠強烈，要麼是對痛苦的折磨還沒有嘗夠。看到這裡，江湖人長長地歎了口氣，就像有一根刺攪動了心裡的隱痛。有多少時候人們都在重複聽著老掉牙的「守株待兔」的故事。那個在樹下待兔的人，心裡有的也是夢想，等待的也是希望，但是在夕陽中醒來的他只呆呆地看著太陽落下而忘了去追逐，還泣歎：世人負我，歲月負我。

江湖給了太岳四俠寬容和耐心，也給了自己靜思冥想的機會。他們發現當凝視黑暗的時候自己就在黑暗裡，而當凝視光明的時候自己也身處光明之中。漸漸的，他們體會到了太岳四俠沒有絕對黑也沒有絕對白的世界的美妙。頓時，周遭的世界紛亂的江湖變得安靜、天高雲淡。

然後有人透過太岳四俠寫下了如下幾條關於做人的理念：

我要盡可能地愉快。

我要對別人更加友善。

我對他人要少苛求，對他們的過錯、失誤要多加寬容，對他們的行動要尋求可能的最佳解釋。

我的行為方式要表現得彷彿成功果實唾手可得，而且我現在的個性就是我所希望的個性，一切的行為與感覺要朝著這個個性加以修練。

我不讓觀念將事實染上一層悲觀或否定的色彩。

我要練習每天至少微笑三次。

不管發生什麼事情，我的反應要盡可能的鎮定、明智。對於無法改變的悲觀與否定的「事實」，永遠不去想它。

花開花落，歲月匆匆流過。太岳四俠也如一幅風景留存於人們的記憶之中。也許會變了顏色，但當人們需要調整的時候四俠的故事一定會從心底升起。說不定還有人會調侃地說上一句：「要拿自己的長處和別人的短處競爭，打得過就打，打不過就跑。」其實人生真的就像個戰場，人除了需要勇氣還需要智慧、戰略和技巧。

任飛燕、林玉龍

一對年輕夫婦。使「夫妻刀法」，二人如同一對冤家，動輒出拳相向。

任飛燕、林玉龍

「夫妻是冤家」。任飛燕、林玉龍二人幾乎完美地應證了這五個字。他們就像長在嘴裡的牙齒和舌頭，一不小心就碰碰撞撞，卻誰也離不開誰。

任飛燕、林玉龍夫婦打著他們「夫妻若是不打架，不吵嘴那還是什麼夫妻」的理論在江湖上一路打了過來。不知就裡的人還以為來了一對仇家，知道的人看著他們吵吵鬧鬧，或許心中還存有幾分的羡慕。吵鬧著卻也總是在念著、想著。最關情，莫過對方的一聲輕歎，一絲悲憂。

走進婚姻這座城堡，男人和女人就已經不是單純意義上的男人或女人了，他們悄然地發生著變化。「男人的靈魂中注入了一些女人的靈魂」，而女子因為婚姻成了女人，成了母親。

高中時看過的《人到中年》，現在能記住的唯一情節是男主人翁深情地對妻子朗誦著：我願意是急流山裡的小河，在崎嶇的路上岩石上經過；只要我的愛人是一條小魚，在我的浪花裡快樂的游來游去……總覺得那雙眼像是能把人的心揉碎一般。也許是因為那雙眼，從那時起就覺得婚姻便是應該那般的心心相映，浪漫而溫馨地執子之手與子偕老。後來聽到了太多婚姻中傳來的歎息聲、抱怨聲和警告聲。見多了聽多了彷彿明白了，婚姻是把愛情中「花前對酒不忍觸」的事都揭了開來，於是才有了婚姻中的「一年之癢」、「七年之癢」之說吧。走過愛情進入雞毛蒜皮的平淡生活後，同一屋簷下的男人和女人有些「無心再續笙歌夢」了。戀愛中不在意的、不計較的、可以容忍的婚後變得不想忍了、不想讓了，戀愛中浪漫的、溫情的婚後覺得多餘了、可笑了或奢侈了。

如果說婚姻本就是「只有靠上帝的無限仁慈才能存在的荒唐創造」，城堡中的男人和女人就努力設法去維持這個創造吧。上帝創男人，肋骨變成女人，本為一體就當同甘共苦。相煩時，就念叨：「本是同根生，相煎何太急。」相煩時，想想馬克思筆下費爾米納說過的：「夫妻生活的癥結在於控制反感。」還有與之異曲同工的說法：「美好的婚姻是由視而不見的妻子和充耳不聞的丈夫組成的」。

當年輕的愛人變成了相濡以沫的老夫老妻時，「有一天，迷了路，才發現一生尋找的，不過是一個家。」

國家圖書館出版品預行編目資料

笑書神俠倚碧鴛／元迎探惜著. -- 一版.--
臺北市：大地， 2005〔民94〕
面； 公分. --（大地叢書；001）

ISBN 986-7480-32-5 （平裝）

1. 金庸－作品評論 2. 武俠小說－評論

857.9 94011771

笑書神俠倚碧鴛

大地叢書 001

作 者：元迎探惜

發 行 人：吳錫清

主 編：陳玟玟

出 版 者：大地出版社

台北市內湖區內湖路二段103巷104號

劃撥帳號：〇〇一九二五二～九

戶 名：大地出版社

電 話：（〇二）二六二七七七四九

傳 真：（〇二）二六二七〇八九五

印 刷 者：普林特斯資訊有限公司

一版一刷：二〇〇五年七月

定 價：180元

E-mail：vastplai@ms45.hinet.net

Printed in Taiwan

（本書如有破損或裝訂錯誤，請寄回本社更換）

本書經由四川大學出版社授權出版